アラサーのオレは
別世界線に逆行再生したらしい

アラサーのオレは別世界線に逆行再生したらしい

翠川 稜
イラスト／白クマシェイク

アラサーのオレは別世界線に逆行再生したらしい

目次

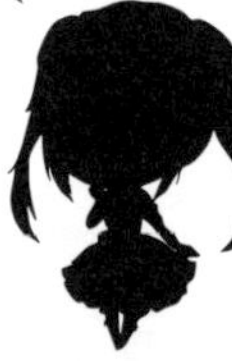

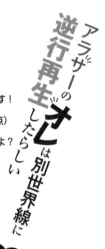

プロローグ

「おめでとう！」

二次会の締めとして、胴上げされた花婿がよろよろしながら地面に足をつけた。胴上げされるほどの二次会参加人数とかって……この後輩、友達たくさんいるなー。

オレなんか片手でも余るぞ。

それなのにわざわざ会社の先輩だから披露宴に招待されたけれど、二次会にもオレなんかを誘ってくれるとは……。

まだまだ若い花婿。20代半ばですよ。そんな彼が学生時代から付き合っていた彼女と本日華《か》燭《しょく》の典《てん》を迎え、たった今、その二次会が終わったところなわけだが。

「先輩、今日は来てくれてありがとうございます」

「式や披露宴もよかったし、いい二次会だったじゃないか、おめでとう」

「で、いい出会いありました？」

後輩がこそっとオレに尋ねる。オレは片手をないないと、ヒラヒラさせてみた。オレ自身は、彼女いない歴＝年齢だっつーの。

正直言って羨ましいなと思うよ？　羨ましいなぁなんて思えるようになったのは、ほんとここ数年ですが。

それまでは女子という生き物は遠くで眺めるべきもの。近づいてはならないものとなんとなく思っていた。

会話しようとしたら絶対どもる自信あるわ。話しかけるなんて論外。言語は通じるが同じ世界にはいない存在……。

同性でも言語通じるか怪しいだろお前……そういうツッコミありだ。だからオレの数少ない友人達が、「彼女できた」とか、「結婚する」とかそんな話を聞いても「うわー、結婚しちゃうんだ、すげぇな自分以外の人間と一緒に暮らせるのか」とか内心思ったりする。表面的には「おめでとう」と祝う言葉をかけますが。

実際、今日の主役の花婿もそのうちの一人だし。

昨今、未婚率とか少子化とか離婚率とか騒がれる中で、若い二人の結婚ですよ。お祝いしますよ、当然。

後輩はそんなオレを見てちょっと残念そうな表情になる。なんだよーコイツはーほんと不思議な奴だよなー。ていうか、男なんだけどそういうところが可愛いなー、弟いたらこんな感じかね。こんなオレでも「先輩です」的な気持ちにさせてくれるんだから。

「だいたいオレなんかが声をかけても相手にしてもらえないって」

「先輩みたいないい人なら、付き合った彼女は幸せだと思うんですけれどー。先輩は話しかけると、結構話をきいてくれるし、話もしてくれるし、先輩は自分のこと自己評価低めに言うけど、悪くないんですよ?」


そう言ってくれるのはリップサービスでも嬉しいが、最近の女性は強いし、男と結婚なんかしなくても、生きていけそうだし、楽しそうだし、幸せそうじゃん。

オレみたいな男は女性達から見れば、範疇外だから。暗いキモイダサイの三連コンボですからね!

それに、オレの幼少時の体験から、いいオヤジになれそうもないし。自分がされたことを子供にしそうで怖い。けど、こいつはいいオヤジになるだろうな。日曜日に子供と一緒にキャッチボールしたり、サッカーしたり。簡単に想像できるわ、近い未来そうなるだろうな。

「ありがとな、幸せになれよー、けど、子供が生まれてもキラキラネームはやめた方がいい」


オレ自身の名前も、いささかキラキラネームよりだと思う。

自分の名前が好きだと思う人と嫌いだと思う人、それぞれだと思うが、オレはどちらかといえば、自分の名前、実はあんまり好きじゃない。

真崎幸星《しんざきこうせい》っていうんだけど、幸星ですよ。字面がなんかね、キラキラネームっぽいだろう。

アラサーといわれる年齢に差し掛かって、最近とみにそう思うわけですよ。

多分オカンは幸せな星の下に生まれてきた子って意味合いで付けたと思うんだけど、その子供時代を送った日々を振り返ると「不幸せな星の下に生まれた」って感じか？

オレって不幸……とか年がら年中ネガキャンしてるわけじゃないけど。

本当に、こんなんでよく社会人になったなと自分でも思うが、陰キャだろうがコミュ障だろうが、人間は働かなければ生きていけない。就職までこぎつけることができたのはヲタライフを継続させる為だ。

そんなことはどうでもいいか。

にぎやかで華々しくて、主役の二人にとっては幸せいっぱいな結婚式の二次会を終えて、三次会に向かうメンツが決まりだした。二次会の会場を出て、後輩と話し込んでいたオレは、ここまでだなと思って後輩の背を押すと、後輩は軽く手を振った。花嫁と一緒に並んだのを見送ろうとしたら……。

暴走してきたトラックが歩道に突っ込んできた……。

そりゃー最近、煽り運転とか高齢者の運転での人身事故が多いけど、こんな結婚式挙げたばかりのカップルが事故とかねえだろ。

もう、自分史上最速ぐらいに走り出して、オレは新郎と新婦を突き飛ばし、代わりに……。

撥ねられた。

1 死んじゃったけど異世界転生はできないそうです。

　真っ白な視界と、ぼんやりした感覚。意識が何となく戻ったかなーとは思うものの、霞がかった感じ。これはやっぱりあの世というやつですか？

　いや、あの世でもなくね？　なんもない空間すぎる。天国でも地獄でもないというのは、わかる。

　うーん……人助けのつもりだったんだけど、半分自殺っぽいからな。

　突っ込んできたトラックに、身代わりで飛び込むなんてさー。自殺する人は地縛霊になって成仏できないとかそんな話を漫画やアニメなんかで見るけど、この何もない空間は撥ねられた現場だったりして？

　オレの意識がそう認識しないだけで実はオレの死んだ現場だったり？　ありえるかも。

　すっごい現世に未練があるとか、この先、生きていてもいいことあるさー、なんて期待はできなかったし別にいいんですけどね。ただなあ……他人にあのヲタグッズを始末させることになるのか……その点が未練といえば未練か。でも大きく考えてこの世の未練がそれぐらいっていうのも、陰キャボッチだったからこそとでも言えるのか。老衰で天寿を全うしてもどうせ独居老人だっただろうし、同じことだよな。うん。

　そんなことをつらつらと考えていると、目の前に光がぱあっと広がる。真っ白な空間なのに、それが光だっていうのは眩しいって思ったからなんだけど。

そしてその光の中から現れたのは、どう見ても日本人じゃないスーツ姿の美女だった。

「真崎幸星さんですね。あ、わたくし、こういう者です」

スーツ姿の美女がオレに名刺を渡すが、文字が読めない。何この文字。

そしてこの人どう見ても日本人じゃない。北欧系でもアジア系でもない……なんだろ、オリエンタル系美人ってこういう感じですかね。でも日本語上手いな。

「申し訳ありません、最初から日本語仕様にはできていませんので、念じていただければ日本語に自動変換します」

どんな名刺だよ。それ。

オレは名刺に視線を落とすと、名刺は日本語に文字を変えていく。その名刺には「天界　地球エリア　女神研修員　セルケト」と記載されていた。天界って……何？

「真崎幸星さんは、20xx年の12月某日、後輩の結婚式二次会終了後、都内某所にて、トラックに撥ねられて死亡してますがー」

やっぱオレ死んでんだ!!

「あなたのこれまでの人生のデータを検証した結果……」

……人生とかそれってデータとれるの？　……神様なら可能？

「本来ならば異世界に転生させるはずでしたが、そちらは今、飽和状態なので、真崎幸星さんが生きておられた現実世界に逆再生していただくこととなりました」

……飽和状態……。

「そうなんです。近年、大変人気でして……異世界転生を設定して飛ばす神も、異世界転生希望者も。現在、異世界転生のシステムを拡張しておりますが、このシステム改善に併せ、現行世界への再生システムを新たに開設致しました」

……へーやっぱり人気なんだー異世界転生。そうだよなー神様からいろいろチート能力もらってオレスゲーだもんね。いままでの残念人生をリセットして、オレツエーのカタルシスだもんね。ていうか異世界転生ってあるんだ⁉

うっわ、確かにできたらいいなとは思ってたけどさ。

でもオレは現行世界の逆行。タイムトリップっていろいろしょぼくない？　チートだってもらえなさそうだし。どんなに逆再生してもオレの場合は残念人生ジ・エンドの未来しか見えませんがな。

「でも、別世界線なので、従来になかった設定ができます」

いいよ、別にそんなの。逆にこのまま成仏できないものなんすかね。

「まあまあ、そんなに諦めなくても」

だってさーもう一度人生送っても、大して変わらなさそうじゃない。ノーベル賞がとれちゃうぞとか、プロアスリートになれちゃうぞとか、そういう可能性を秘めた人生送っていたわけでもないし。

家庭環境なんて物心ついたガキの頃は劣悪だったし、あのクズ親父がいる世界なんて逆にぞっとするし。絶対に馴染めそうにない。母親が再婚した時は、まだなんとかなるかなーとは思ったけど、でも再婚した相手の連れ子がめっちゃイケメン、リア充だったのでコンプレックス刺激されまくって、陰キャボッチコミュ障にさらに拍車がかかった状態だったんだよな。

うん。やっぱ、めんどくさいんで、結構です。成仏できませんかね？

オレがそう思うと、目の前の美女セルケトさんは、悲しそうに眉を八の字にさせてしまった。

……ちょ、やめてくれないかな、そういう顔するの。ずるくない？

「やっぱり……そう思われますよね……人気ないんですよ、現行世界逆再生ルート。異世界転生ルートは大人気ですけど。わたしも、本来ならそっちを担当したかった……」

セルケトさんはペタリと膝を折って、手をついてハラハラと涙を流す……この人も苦労してんのね。神様なんて苦労とは無縁のものかと思ってたけど。

「わたしは研修員なので、神様になるためにこういう部署に配属されたのです。そして真崎さんの仰るように、このシステムを提案しても、快諾してくださる方はおらず……」

ああ……そうなると評価が下がって神様にはなれなくて、研修員のままってことか、それはそれで気の毒っていうか……。

そうだよなー別世界線っていっても特典もメリットもなさそうだから、提案されてもそれに乗る人はいなさそう……。

「ですよね……不慮の事故で亡くなった方にこのことを提案しても、絶対に異世界転生を希望されてしまうんですよ」

で、その人たちは異世界転生できてんの？

「半々です」

半々って何？　どゆこと？

「その方がこれまで生きていた人生において、やり直しがどうしても必要とされる方、特に設定寿命より短命で亡くなられた場合は異世界転生に回します。そうでない方は……」

そうでない方は？

「普通に成仏して転生をまちます」

ふーん……。どのみち転生は変わらないわけね。

成仏しても、記憶抹消でまた輪廻転生ってやつか……。

結局同じなんだな……じゃあいいか現行世界逆再生でも。

「え？」

だから、いいよ、現実世界逆再生。どのみち転生するんでしょ？　生きるのって面倒くさいんだけど、でも、どのみち転生するっていうし。異世界じゃないだろうけど、現行世界の別世界線なら、いろいろ変わってたりするんでしょ？

「はい！　それはもちろん!!　できる限りサービスさせていただきます!!」

美人さんからサービスとかいう単語を聞くと、なんか別の想像をしてしまいそうなので、やめてください。

「や、でも、いろいろ特典つけさせていただきますから!!　真崎さんが異世界転生じゃなくても別世界線で幸せな人生を送れるように!!」

別世界線への転生での特典って何？

「えーと、そうですね、異世界転生してオレツエーするのと同じぐらい、やり直して幸せを摑むのが目的なので、真崎さんが逆再生したい年齢を選択することができます」

ふーん……子供の頃がいいんだけど、オレの実父ってあんまりなクズだったから……高校生の頃がいいかな。子供だと殴られっぱなしだったけど、それぐらいなら少しは反撃できるかもしれないし。

「はい」

学生もう一回なんでしょ？　オレ、めっちゃ勉強できるってわけじゃなかったから、社会人の状態でもう一度テストとか勉強とか理解できるか不安なわけ。

「はい、そこは記憶のバックアップをさせていただきますので、大丈夫です」

え。マジ？

「異世界みたいに～とはいきませんけれど、当時の学力等の記憶をバックアップさせてバフもかけておきます」

え、バフって何？　いきなりゲームワードですね。ヲタなオレにはわかりやすいけど!?

「成績の向上です。ちゃんと勉強するのが前提条件ですけど」

あーでもそれって、ちゃんと勉強すれば成績があがるって、塾の広告とかでも目にするし世間一般でもよくよく言われている当たり前なことって感じですが……。

けどオレは例のごとく、あんまり勉強しなかったタイプで一人で遊んでたっけ。意志薄弱といいますか安定のヲタといいますか、試験前とかに主にゲームとか……漫画とか……楽しい方に流されて現実逃避してました。ごめんなさい。

「ま、まあ、そうなんですけど！　理解習熟度が上がっているので短時間でも勉強すると真崎さんの過去よりもいい成績が出やすくなるって感じです」

それがどういう感じなのかはわからないけれど、まあいいか。うん。よろしくお願いします。せっかくだからやり直してみよう。いい大学に入れるかもだし。

「他にご希望ありますか？」

うーん……あ、携帯とかパソコンとか家電とか、そういうのは15年前の状態に戻ることになるんだよね？

「ああ、そこの進化は、真崎さんの亡くなった状態のままでというのがご希望であれば、可能です」

え……いろいろすごいね。さすが神様、それ可能なんだ。じゃ、それでお願いします。

「か、神様ではまだないのですが……他にも、あったら便利だなっていうスキルもつけられますよ！」

セルケトさんは神様と言われて照れたみたいだ。

「おまけでつけておきます。きっと、あ、よかったって、思っていただけるものです！」

なんだろ？　楽しみにしておく。別にそれぐらいかな。

「えー随分、謙虚というか……欲がないというか……いい人なのに、そういうところを見てもらえてなかったなんて！　救済の意味も込めてこれもあれもつけます！」

セルケトさんはタブレットみたいなものを取り出して、画面に向かって指を滑らせている。

なんだろ、異世界転生じゃない分、できる限りのことをしてくれてるのかな？　なんか逆にすみませんって感じ。

「数少ない現世界逆行ですし、別世界線ならではっていうことで、いろいろ特典盛っておきました！」

特典ねえ……、あんまり期待しないでおこう。だって結局はオレの学生時代だもの。

「あと、この私との会話は、真崎さんが別世界線にトリップしたら、記憶から消滅します」

ちょ、何それどこのスパ〇大作戦!?

「では素敵なハッピーライフを別世界線でおすごしください！」

最後のセルケトさんの言葉がオレの頭に響くと、意識はまた暗転したのだった。

◆2 目覚めたら記憶にある天井だった。

「どういうことだ……」

……目覚めた場所は……アパートだった。

ちょっとまて、この場合は普通「知らない天井だ」で病室一択じゃないのかよ!?

記憶を整理してみよう。昨日は年末のくそ忙しい時期に会社の後輩が美人の嫁さんをゲットして晴れの挙式だったはずだろ？　そこの二次会を終えた花婿と花嫁に向かって突っ込んできた暴走トラックからオレが庇ったんだよな。それは覚えている。ここは病院じゃないの!?

それになんでこんなあったかいの？　エアコンもついてないのに春みたい？

オレは天井に吊るされている電灯を見つめる。なんとなく記憶にあるこの部屋。

今、住んでいるアパートじゃない。オレが六歳の頃に飲んだくれの親父に三下半《みくだりはん》を突き付けた母親と、中学時代に暮らしていた下町のアパートの一室。

しかも季節は春……。

がばっと上半身を起き上がらせてみると、身体の軽さに自分でビックリした。

腹筋に力を入れた瞬間、その反動の瞬発力。

毎朝、何故会社に行かねばならないのだろう。好きな時に寝て好きな時に起きて、漫画とアニメと動画と音楽とゲームで一日費やせないものかとヲタな思考に苛まれながら、うるさいスマホのアラームで目覚めて、身支度をして通勤ラッシュに揉まれる日々を送っていたいつもの朝の動きとは違う。

駅前のコンビニで栄養ドリンク飲んだって、ここまでの効果はねえぞ。

自分の顔に手を当ててると皮膚感が、これまでと違う……。

オレは起き出して襖を開けると、キレイめなお洒落スーツに身を包んだオカンがいた。

ちょ、オカン若くね!?

「あらめ、起こそうと思ったけど、起きてたの?」

「オカン……?」

「何?」

「ねえなんで若いの? ここはどこなの? ちなみにオレはサラリーマンで昨日後輩の結婚式に出席して二次会が終了して店から出たところで暴走してきたトラックに轢《ひ》かれたはずなんですけど」

息継ぎなしで一気に語ると、オレの顔をまじまじと見てから気まずそうにオカンは尋ねた。

「……幸星……あんた……やっぱり真崎さんとの再婚に反対なわけ?」

いやいや、オレはすでに真崎姓を名乗って15年経ってるでしょ？　ていうか……ここはオカンが再婚する前に住んでたアパートそっくりですけど！

「へ？　オレ、真崎幸星のはずでしょ？　何言ってんの？」

オレがそう言うと、オカンは照れながら「いや、まだ籍はいれてないからね、今日の食事会の後に役所に行くから！」とか言い出した。

おいおいおい。まてまて、確認させろ！

くっそ、多分この当時、母子家庭だったから新聞とってねーよ！　そうだ、確かキッチン棚の側面にカレンダーをかけていたんだ……。オレはカレンダーに視線を走らせた。

なんだよ……まじかよ……、なんで今年の元号と西暦!?　だとしたらオレは30のはずだろ？　どういうこと!?

慌てて自分の状態を見ようと洗面台に駆け込んだ。そんなオレの背中へ「一応、顔合わせだから、あんた、高校の制服ねー」とオカンが声をかける。

そして洗面所の鏡を見るとオレがいた。

そう、確かにオレの顔なんだけど……。


「なんじゃこりゃああああああ！　子供かっ!?」

15年前のオレだよ!!

でも待て、どこか違う。この顔、確かにオレの顔だったんだけど整形しました？　なんかパーツが。目のパーツがオカン譲りになっているよ。前はクソ親父似の三白眼だったのに！　そのせいか、鏡の中のオレは幼く見えた。

オレの叫びというか奇声を聞いたオカンが慌てて「何？　どうしたのよ？」と洗面所に駆け込んでくる。

「いや、その、なんでもない……なんとなく……その、気合い？　みたいな？」

「やっぱりアンタ、この再婚に反対とか……」

いやいやいや、そうじゃないよ、顔が変わってるんだよ、なんで気が付かないの？

そんなことを言ったら「やっぱりこの再婚は反対なのかな」なんてまたオカンがしょげちゃうだろ？

「再婚に反対はしない、大丈夫」

オレは顔の変化の動揺をどうにか抑えてそう伝える。

だって、オレがここで反対とか叫んだら、どうなるんだ？　未来は変わるだろうか？

変わるとしたら……多分、離婚したにもかかわらず、いまだ付きまとう酔っ払いの親父の暴力と金の無心におびえる日々がこのまま続くのは確定だ。15年後の、トラックに轢かれる前の生活よりも、さらに目も当てられない生活しか想像できない。

「オカンまだ若いし」

15年前のオカン、やっぱ若いわ。うん。

再婚いいんじゃね？　ここでやめろとかいう選択はなしだな。

「幸星、アンタ熱でもあるの？」

「……春休みボケなんだよ」

オレはそうごまかした。

再婚を止めるのはなしだな。

だって再婚してから、実父の付きまといはピタリと止まった記憶があるし……。

オレの実父に比べると、真崎さんはしっかりした大人の男だったし……。そう……しっかりした大人の……男……。イケメンだし働きぶりも悪くないし、親父のように酔っ払うこともないし、暴力も振るわない実にスマートな紳士だった。当時のオレはなんでこんなかっこいい人がオレのオカンと再婚を？　とか思っていた。

だが、今のオレの視点から見るとオカン意外と大丈夫だったわ。まだ若い。苦労が顔に出ないタイプで老け込んでないもん。当時15の子供がいる母親にしては、そして実年齢より10は若く見える。

オレは気を取り直して顔を洗って身支度を整える。

入学する予定の高校の制服を入学式よりも前に着たのは、確かにこの顔合わせの日だった記憶があるぞ……。

でも当時高校の制服は詰襟だったのに、ハンガーに吊るされてる制服はブレザーだよ。真新しい制服のジャケットに袖を通すと、さらに記憶が思い出される。

そのナイスミドルなオカンの再婚相手、真崎氏にはオレと同い年の子供がいたことを。真崎氏のDNAばっちり受け継いでるね！　と思わせる、イケメンでスポーツ万能、そして有名進学校に通うオレの三か月年上の義理の兄の存在がっ！

そうだよ、これが奴とのファーストエンカウントだったよ。

そんな完璧超人エリートでスクールカースト最上位と思われる奴と、小中そして高校でも、スクールカースト最底辺のオレが一緒に生活するなんて、メチャクチャ難解クエスト、ハードモードすぎんだろおおおお！　って当時は思っていた。

真崎氏とオカンが結婚して、新居に引っ越してから、自宅にピンポンしてくる女子の多かったこと。うっかりドアを開けて出てみたら、奴と同じ中学だった女子がいて、オレを見るなり、「何このヲタ」的な視線がめっちゃ痛かった記憶がある。

ちなみに当時「念のために聞くけど、アレ全部お前の彼女？」と聞いてみたら、そんなわけないだろと一蹴されたような気がする。とにかく自分とはまったく違い過ぎるショックで詳細は覚えていませんが。

とにかく、そんな完璧超人様と比較されたくなくて、新居に移ると学校以外は自分の部屋に引きこもっていたな……。

ほんとマジ、新しい家族が同じ男で兄とかじゃなく、妹がいたらと、15年前、こうしてオカンと食事会に指定された店に向かう時も思ったもんだ。

15年前も今回も、再婚に反対するという選択肢は取らないけど、ただ……もう一度あの生活をするのか……うーんこれってどうなの？

まあなるようにしかならないわな。


オカンと一緒に食事会の店に向かう道中、視界に入る街並みは、オレがトラックの前に飛び出した世界と何ら変わらなかった。なんだこのタイムトリップ。

トラックに轢かれたら異世界転生しちゃうかもーなんて小指の爪ぐらいは思ってたよ？

いい年したヲタだが、いや、いい年したヲタだからこそ、そんな妄想、毎朝通勤ラッシュに揉まれながら考えてました。

だからあの時、幸せいっぱいの二人を庇うように突き飛ばしてトラックの前に出てしまったのかもしれない。

だって、オレの人生とあの二人の人生を比べたら、絶対あの二人の人生のほうが幸せっぽいじゃん。オレには一生縁がなさそうだけどさ、そういうの間近で見てたら、羨ましい妬ましいのもあるけど、だからって不幸になってしまえ、までは思わないわけ。後輩はこんなオレに懐いてくれてた。そいつの結婚式だよ？　多分オレはあのまま生きていても結婚どころか彼女もできなかっただろうし。

だからあの時、二人を庇ってトラックに轢かれて異世界転生してきます！　って、勢いあっただろ!? あったわ!! どんだけ酔っ払ってたんだよ! あの時のオレ!

そんで気が付いたら高校生。

でも、時代は15年前ではなく現代ってありえねえ。

なんだよ、この世界。

タイムトリップならオレの学生の頃って、ここまで進化してなかっただろ。

それこそ学生の頃、クラスの連中が与太話で、もしこのまんまの状態で小学生に戻れたら〜なんて、ドラ○もんの話みたいなことを語ってたやつがいたけど、アラサーのオレが高校時代に逆再生ってまさにコレだろ。

今着ている制服のポケットに入れたスマホを握る。

……そう、当時はスマホじゃなかった。フリップ式の携帯だったな。

「珍しくキョドってないわね」

オカンがオレにそう話しかけた。

ああ……そういえばそうかも。15年前なら、外出するだけでビビってたもんな……。

実父にばったり会うんじゃないか? とか、クラスの連中にからかわれるんじゃないか? とか、今みたいにオカンと一緒だと特にそう思ってた。

そんでクラスの女子の集団にばったり会ったとしたら、「田村君(オカン再婚前の旧姓で中学時代はこの姓でした)お母さんと一緒〜やだ〜マザコン〜?」なんてからかわれるんじゃないかって、無駄に小さいことばっかり気にしていたと思う。

今はそうでもない。なんでだろう。

やっぱトラックに撥ねられて、そういう肝の小さい部分、よく言えば繊細な部分が抜けてしまったのだろうか？

当時は漠然とした不安しかなかったけど。

今は不安は感じない。無駄に年はとっていなかったというか、青くて繊細な部分がもう完全に擦れて破れて耐性があるというか。一度プレイしたゲームをリプレイするみたいな感覚というか……。あ、うん、この感覚が近い。

緊張と不安であの時は無言だった。だが、今は違う。15年前の追体験で、逆に余裕が生まれている。そのせいもあったから、オレからオカンに話しかけてみる。


「えーと真崎さんとこの子ってオレと三か月違いだったっけ？」

「そうよー同じ年よ。今年成峰高校に入学したって」

「悪いね、オレはそんな公立の中でも偏差値ハイクラスな高校じゃなくて」

「何言ってんの。公立一発で二次募集もしないで入ったんだもん、文英高校だってアンタの中学周辺にあった公立高校より偏差値高めだったし、アンタも頑張ったでしょ？」

ふうん……オカンはそんな風に思ってたんか……気づかなかったな……。

当時のオレは単純に他の連中が行きそうにない公立高校を狙ったんですけどね！　ヤンチャ系の人が多かったからね。その為に必死こいて受験勉強しましたよ。

なんとなく感慨深い気持ちになったが、それは一瞬だった。

よく考えてみよう。

高校生活をもう一度ということは、中間とか期末とか実力テストとかあるんだろっ⁉　あるよな？　中学高校の勉強の内容なんざ記憶の遥か彼方なのに、そして当時もたいしてできなかったのに！　ていうかヤツと比べられて嫌がっていた15年前のオレのほうがまだマシなレベルじゃね？

コレって最初のテストで白紙提出して親呼び出しの未来しか見えないんですが！

くっそー、どうせタイムトリップすんならもっと低年齢にしてくれよ！

いやまて、オレの物心ついた低年齢時期なんか、例の実父の件もあって家庭環境最悪なんだよ……。それを考えるとこれが妥当なところなのか？


「何？」

「いや、真崎さんところの息子さんとオレとではやっぱり、頭の中身が違うだろうなと……」

「何言ってんのよ！　頭の中身がかなわないのはDNAだからしょうがないわよ！　あたしの子だもの！」

「……オカン頼む、オレの成績が悪くても、そこは諦めてくれ」

「……」

「努力はするさ、するけど、結果は多分すごいダメダメだと思う」

努力はするよ、せっかくの人生リプレイだからな。

あのままトラックに撥ねられなかったら普通に社会人で仕事してたんだ。学生は勉強が仕事なんだろうし……。

うわーでもそこだけは許してくれれば、オレ、いろいろ頑張るから。

「そこだけは許してくれれば、オレ、いろいろ頑張るから」

うん、いろいろ頑張るから。オレはもう一度、高校生活を送る。これから新しい家族と一緒に。ナイスミドルの新しい父親に、イケメンエリート優等生の兄……。

15年前とは違う気持ちで、よろしくお願いしますと一言ぐらいは言えるさ、元アラサーだからな！　と、この時までは思ってました。

「これからよろしくお願いするよ、幸星君」

義父となる真崎隆哉《しんざきたかや》さんがオレに声をかける。

15年前の食事会の席には、そのナイスミドルのニューパパンとエリートなニューブラザーしかいなかったはずだ……。

食事会の席に今このオレの視界に入る存在はなかったはずだ。

「息子の優哉《ゆうや》」

エリートニューブラザーは軽く頭を下げる。

オレも会釈をするが、顔を上げた瞬間目に入るのは、ニューパパンのスーツの端を握る、15年前には存在していなかった……小さな女の子。


「娘の莉奈《りな》」


え？　なに、どゆこと？　妹ってこと？

えええええええっ!?

いなかったよ!?　15年前も15年後もオレに妹はいなかったよっ!?

欲しかったけどな！

オレとオレに関わる人間の逆再生……。でも西暦は今年……。そして記憶にない人物……。

この不可解なタイムトリップはただのタイムトリップじゃなく……。


——別世界線!?

◆3 どうやら別世界線に逆行再生してるようです。

もしかしてオレは、若返って、別世界線にトリップしたのかもしれない。

もしくは、あの時トラックに撥ねられた状態で病院に担ぎ込まれ、身体は病院の集中治療室とか病室とかに横たわった状態だったりして、そんなオレが見ている夢なのか？　夢にしては触れてる感覚も嗅覚も味覚も鮮明すぎるけれど。夢か現実かどっち!?　どっちだよ!?

パニックで奇声を上げたいのを堪える。夢だとしても、だ。ここで叫んで引かれたくない。耐えろオレ。まだ耐えられるハズだ。


「莉奈は身体が弱くて、祖父母のところに預けていたんだけど、身体も丈夫になったので、こっちに呼び戻したんだよ」

「よろしくね、莉奈ちゃん」

……オカン……すっげえ嬉しそうだな。うん。オレの記憶する15年前はもっと普通な感じで優哉に挨拶してたけど、真っ先に莉奈ちゃんに挨拶してるよ、この人。

叫び出さなくて正解。

「いきなりで悪いんだけどどって電話で言われたときは、ドキドキしたんだけど可愛いわあぁ」

オカンが一生懸命話しかけている子に視線を落とす。

何歳ぐらいよ、この子。小学生だよね？　小学一年か二年かそこらぐらいか？

いや、妹欲しかったよ？　けどさ、もう少しなんていうか、男としては夢があってもいいんじゃないかって思うわけですよ。年が近すぎて新しい兄に馴染まないツンデレな妹。お風呂場でドッキリ的な妄想とかもあるじゃないですかー。でも二次元に限るか。リアルであったらまず社会的に死んで、その後ガチで死ぬ。物理で死ぬ。多分。

真崎さんのスーツの端を摑まえてそれでもオレとオカンに視線を向けてくる。こんな小さい子が新しい再婚家庭っていう状況に放り込まれるんだ。不安しかねーだろ。

オレだってこの当時15歳だったけど、この真崎さんがメッチャ怖かったもんよ。ていうか幼児期のトラウマで大人の男全般が怖かったわ。

えーやだー女子みたいー。とか思われそうだけど、実父に振るわれた過去の暴力とか怒声が15のオレを支配してたんだよ！　思い出してもブルっちゃうぜ。今は中身がアラサーなんで落ち着いていますけれどね！

そして、オレの知ってる過去の優哉と、今、目の前にいる優哉の印象ってあまり変わっていない。一分の隙もないイケメンで、なんでもそつなくこなしていたけれど、このくらいの子供の相手をしていたところは見たことないから、なんとも言えないけど。

そして莉奈ちゃん。この子の様子を察するに、環境変わってまだまだ緊張がほどけない。そんな感じだ。オレもそうだったから。なんとなくわかる。ただオレの場合は日中に誰も居ないという静かさが解放的な感じでよかったけれど、この子にとってはどうなのさ。

こっちに来て一か月でそんなに慣れていないだろ。東京なんてごちゃごちゃしてて、多分病気がちだったらきっと空気の綺麗なところにいたに違いない。

優哉のことだから、あれこれ世話を焼かれて煩わしいとか思われたくないから距離を測っている状態なのかも？

せっかく一緒に暮らすんだから仲良くしたいよね。この子に「お兄ちゃん」とか言われるの、悪くない。いや、むしろイイ！

オレがかがみこんで「よろしくね、莉奈ちゃん」と声をかけると、莉奈ちゃんははにかむ笑顔を見せて真崎さんのスーツの影に隠れようとする。

真崎さんはオカンとオレを促し、全員がテーブルについた。


「今週末には新居に引っ越しだから。荷物を整理しないとな」

「そうね、入学式もあるし」

「入学式オレはいいよ、優哉君と莉奈ちゃんの方に行ったほうがいい」

「幸星!?」

真崎さんとオカンが顔を見合わせる。

「莉奈ちゃんって、今年入学式の新一年生ですか？」

質問の言葉は真崎さんに向けたものだ。

「よくわかったね」

真崎さんが答える。

そうか、やっぱりな。オレもこのぐらいの年齢でオカンと二人暮らしになったし、環境変わったから、口数もめっきり減ってたし、入学当初、クラスメイトとお話なんてできなかったんじゃねーかな。

「それなら、環境変わって心細いだろうし、オカンも職業柄忙しいだろうけど、最初の保護者会ぐらい出てやらなくちゃ。オカンの有給を調節するならオレの行事系は極力省いたほうがいいだろ。こっちは高校なんだし、莉奈ちゃんは小学一年生なんだからそっちの方が行事は段違いにあるぜ」

言うだけ言って、オレはコース料理に手をつけた。

「……」

「……」

「……」

「……」

もくもくとスープを掬《すく》っていたけど視線を感じて手を止める。

何？　なんで皆さんオレに注目してんの？

「幸星君、しっかりしてるね」

真崎さんがしみじみとした口調でそんなことを言う。

そしてオカンは全く別のことを指摘した。

「アンタ、こんなコース料理食べたことないのに、スプーンとか迷わなかったわね」

そう、アラサーの時には会社関係の結婚式には出まくってたからな！　こんなんでも一応なんとか社会人してたわけよ。

だけど、15の時のオレはこんなコース料理を目の前にしたら、キョドって戸惑いしかなかったはずだ。

オレは優哉を見た。こいつはデキル男だから知ってて当然だよなあ。ほんと当時はこの人は完璧だねと思ってたよ。この年齢でコース料理出されてもカトラリー迷わないとか。オレが一番最初にこういう食事した時って……。いつだったよ？

あ、……オレが一番最初にこういった食事を前にしたのは……。

「……あの、中学の最後に移動教室とか社会科見学とかのついでに、こういうマナー教室的なやつやらなかったっけ？」


オレが優哉にそう話しかけると優哉は頷く。

「うん、やった」

そしてオレは莉奈ちゃんに視線を移す。莉奈ちゃんはお子様ランチを目にしたままだ。

「……」

「莉奈ちゃん、こっちのサラダ食べてみる？」

「……」

無言ながらも莉奈ちゃんはこっくりとうなずく。食べやすさでのメニューっていうのはわかるけど。……一人だけお子様ランチは疎外感だよな。一緒に生活しようっていうなら特にさ。

オレは手を挙げてウェイターさんを呼ぶ。まさか高校生に呼ばれると思わなかったのかな。呼ばれたウェイターさんはプロらしく不審な表情を出すことはなく、にこやかな笑顔でオレの席の傍にきた。

「すみません、この子用に取り分けてあげたいので、ハーフポーション用の取り皿ください」

「……」

この店シェアぐらいはＯＫの店だよね？　この小さい子も入店できるんだから。

「……」

「……」

オレはサラダを取り分けて莉奈ちゃんに渡すと、オカンと真崎さんと優哉の視線を受けていた。え？　何？　え？　小さい子だから親切にしたつもりでも、他所目線から見たら不審者だった!?

「咲子さん、口数少なくて、内弁慶でとか幸星君のこと言ってたけど、全然違うじゃないか、年齢の割にはしっかりしてるよ」

え、まって、違うから、オレは口数少なくて内弁慶ですよ！　ナニ感心したような眼差しを送ってくるの？

ヤメテ、その期待のこもった眼差しヤメテ、貴方の実の息子さんのスペックよりも遥かに下なんです！

「あんたの口からハーフポーションとかいう単語が出てくるとは思わなかったわ」

ああ確かに！

そうだよウェイター呼んで取り皿頂戴なんて言う子供じゃなかったよオレは！

一瞬しまったと思ったが咄嗟に叫ぶ。

「漫画で読んだ！　ゴメンね！　ヲタクで！」

どうせすぐにヲタクだとバレていたんだ、15年前はな。

もういいや、ここでカミングアウトしちゃえ！

そう言うと優哉はプッと噴き出した。

「幸星君、漫画好きなんだ！　俺も時々読むよ」

「え、マジかよ！」

絶対お前参考書しか開いてないイメージだったわ！　あとは流行の文芸系。ラノベや漫画は論外で、そしてどっちかっていうとそういうインドアよりもスポーツをする的な。

ていうか、こいつと一番最初に会話したのって……15年前はどうだったっけ？　覚えてないけど、漫画読むなんて言葉はこいつから聞いたことはなかったのは確かだ。

優哉は爽やかに笑う。イケメンの爽やかな笑顔は、絵になるなあ……羨ましい。

「俺のことは優哉でいいよ。優哉お兄ちゃんって呼ばれるのは莉奈だけでいいからさ。だから俺も幸星君じゃなくて幸星でいい？」

返事をどう返したらいいかわからず、首を縦にコクコクと振る。


「コーセー……おにいちゃん？」


おずおずと、オレの名前を呼ぶ声が聞こえて、オレは莉奈ちゃんの方を見る。

ちょっとまって、今、オレ、莉奈ちゃんになんて呼ばれました？

「コーセーお兄ちゃんは莉奈のお兄ちゃんになるの？」

「ハイ、ソウナリマス」

「何故、そこで莉奈に敬語？　そして片言？」

優哉の突っ込みが入る。

「うん、あのね、オレもね、妹が欲しかったの。オカン、頑張ってもう一人産んで？」

「ちょ！　アンタ何言ってんの？」

「この可愛いのがもう一人追加、どんなドリーム？　オレ喜んで子守り要員になる」

「ガチで言ってるようですよ、咲子さん」


優哉がオカンにそう言うとオカンと真崎さんが笑う。

莉奈ちゃんは一生懸命フォークを使ってサラダを食べてる。

そのしぐさの可愛さといったらっ……！

オレのオタク属性は主に二次元。漫画、ラノベ系。そしてたまにアニメ、ゲームな感じなわけよ。

三次元、および2・5次元はちょっとジャンル違いなんですが、リアル三次元妹の至近距離から「お兄ちゃん」呼びの破壊力。

そして小さな口をもぐもぐ動かしている。

……ヤバイ。

今まで触れていなかった新しい世界の扉を開きそうだぜ。三次元推しという扉を。

「り、莉奈ちゃん、オードブルも食べる？　好き嫌いないかなー」

そう尋ねると、莉奈ちゃんはこっくり頷く。

オレはいそいそと、運ばれてきたオードブルも取り分ける。彩りがなるべく綺麗なのがいいよね。莉奈ちゃんは好き嫌いないかな。あ、好き嫌いっていうよりも！

「真崎さん、莉奈ちゃんアレルギーとか持ってますか？」

「いや、多分ないと思うが……」

「オカンも気を付けたほうがいいぜ、小学校給食とかアレルギー除去食とかも作ってくれるけど前もって申請だと思う」

「そ、そうね！」

「パパ、いつ引っ越し？　莉奈、コーセーお兄ちゃんと一緒に遊ぶ」

餌付け成功!?

莉奈ちゃん！　お菓子あげるからって言われても、知らない人にホイホイついて行っちゃダメ！　絶対！

ったく、どこのどいつだよ！　年の近いツンデレの妹希望とか抜かした奴は！　オレだよ！

ごめんなさい!!

ちっさくて素直でかわいい妹、万歳……マジ天使。

「あ、オカン！　莉奈ちゃん小学一年生なら入学してしばらくは早めに帰宅するんじゃなかったっけ？　日中誰もいなくなるじゃん！」

「そこはしばらく夜勤シフトにしてもらってる。日中はいるわよ」

オレはほっと胸をなでおろす。


「でも夕方はねえ」

「オレが早めに帰宅するよ！　だって、優哉は部活あるだろ？」

「あるけど……いいのか？」

「いいよ、オレ適当な部活入ってしばらく幽霊部員するから！」


二度目の15の春……。

新しい家族との生活がこの日から始まった。

◆4 新しい家族との朝の一幕はこんな感じでした。

これは絶対に別世界線だ。

アラサーだったはずなのに、高校生に戻っている。でも15年前ではない。妹なんていなかったのに、妹の存在。

それにオレはもっとコミュ障だったはずだ。15年前の15歳の頃なら。

新しい家族とも、初対面であんなわきあいあいな——というか、一方的に思ったことをポンポン口にするようなキャラじゃなかった。

そりゃ社会人だった記憶もあるから、コミュ力はその時までに培ったものかもしれないけれど。それにしたってここまで喋ったことねーぞ。

おまけに大学を出て社会人になって一人暮らしの時も、そしてオレが15の時もこんなにまめまめしくはなかった。

前回の記憶だと、新しい家族と一緒に朝食を囲むなんてことは、最初の一週間ぐらいだった気がする。

トーストをかじってそのまま登校。

会話は挨拶の「おはようございます」「いただきます」「行ってきます」の3ワードのみ。

それもその一週間を過ぎればなくなりましたけどね！

ええ、なんとなく気まずくて？　優哉は朝練とか始まるし？　真崎さんも出勤するし？　オカンは夜勤でいないし？

だがな。今回は違う。

莉奈ちゃんがいる。

小学一年生に孤独な朝食とかさせたくねえ！　オレのトラウマが蘇るじゃねえか！

そんなわけでテーブルには焼き鮭、目玉焼き、納豆、たくあん、お味噌汁、味海苔、ごはんを人数分セット。

しょぼいとかいうな、高校生男子、つまりオレが朝早く起きて作った朝食なわけだ。

こんなもの作っても誰も食べてくれなかったらどうしようと不安だったが、せめて莉奈ちゃんぐらいはちゃんと食べてほしい。そんな気持ちだったのだが、ダイニングに現れた真崎さんと優哉が目をキラキラさせている。

「幸星すげえな！　家事っていうか料理できるんだな‼」

「わー、あさごはん！」

「幸星君すごいね、朝から和食を作るのか」

真崎ファミリーがダイニングテーブル囲んでの第一声がこれだったわけだ。

三人の美形が、朝から瞳をキラキラさせてるもんだから眩しくってしょうがねえ。

「え、でも、焼いたのは鮭と目玉焼きだけだし？」

「俺、目玉焼きになんねーから！　崩れるっていうか、お前、これキッチンのグリルで焼いた？」

優哉が指さすのは鮭の塩焼き。

「うん。直火だと早い」

「朝からごはん炊いたの？」

真崎さんも尋ねる。

「まさか、予約ですけど？」

オカンは看護師。

日中早く帰宅する莉奈ちゃんの為に、現在夜勤シフトに入ってる。

だから寝る前に炊飯ジャーの釜を洗って無洗米入れて水入れてタイマーボタン押しただけです。ピピっとね。

「そんなに感心されるとこ!?　コメは無洗米だし！」

「炊飯ジャーの予約ができるだけですげえよ」

「え!?　そこ!?」

この人達、オレなんかよりも優秀だよね？　炊飯ジャーの予約ぐらいは普通にできるだろ？

まあいいか……朝ごはんでこんなに喜んでくれるなら、多分コレは無駄にはならない……と思いたい。オレは真崎さんと優哉にランチボックスを渡す。といっても、大判ハンカチにくるんでるだけで弁当箱はタッパーなんですけどね！　あー今度オカンに弁当箱買ってきてもらおう。

「飲み物は自前でよろしく」

「え、幸星君、お弁当まで作ってくれたの!?」

だって、オカン仕事だし、ごはん炊くならついでに？　でも中身はほぼ冷凍食品オンリーなんですが。おにぎりは梅干しと塩鮭は入れておきました。

「……親父、マジですごいよ、こいつ」

「ああ……三人分の弁当を作る高校生男子なんてドラマの世界だよな」

「優哉の部活で朝練とかあると言われたら、優哉の分はちょっと時間的に無理かも。そんなに早く起きられないからコレが限界だから」

そう言ったら、なんで朝から泣きそうになってんだよ、そこのイケメン。

莉奈ちゃんは嬉しそうな笑顔で椅子に座り、オレからお茶碗を受け取る。か～！　このくらいの子のお茶碗ちっさい！　それもまた可愛い！　小学校は給食があるけど、入学してしばらくは早めの下校です。莉奈ちゃんが帰宅する時間帯はオカンもいるから問題ない。

莉奈ちゃんのお昼ごはんはオカンにお任せで。この件はオカンにラ〇ンで知らせたら、なんかありがとう系のスタンプいっぱい送られてきた。

「莉奈、その髪、自分でやったのかい？」

椅子に座って朝ごはんを食べている時に、真崎さんが気づいたみたいだ。

「コーセーお兄ちゃんがむすんでくれたの！」

莉奈ちゃんの髪、両サイドをツインテールにしている。

ストレートも可愛いけど、単純にオレの好みです！　可愛いは正義！　ネットでググったね！　結んでいるゴムが黒なのが残念なところ。オカンが使ってるゴムしか見つからなかったんだもん。

本当はなんか綺麗な色のついた髪ゴムとかをつけてあげたかったよ。中学高校みたいにヘアゴムの色が校則で決まってるわけじゃないからな小学生は。

三つ編みとか編み込みとかは短時間では無理だが、そのうち習得してやる。ていうか、女子は毎朝大変だね。小学生からこれだもんね。

「幸星君……」

……なんで真崎さんまでウルウルしてんの？

ねえ、ちょっと逆に聞きたいんですけど、オカンとオレがこっちに引っ越してくる前、貴方たちどんな生活してました？　非常に疑問なんですけど!?

15年前なんかは、なんでもできそうに見える人たちだったよね？　問題はなかったはずだよね!?

「食ったら食器は流しに戻しておいてください」

茶碗を洗ってる時間がない。水につけておけばオカンがやってくれるはず……。


「オレはもう行きます」

「莉奈も、莉奈もいっしょにいく！」


莉奈ちゃんがごちそうさまして、ちゃんとお茶碗やお皿を流しに持ってくるのでオレはそれを水につけておく。

真崎さんも優哉もそれに倣う。

結局、全員で戸締り確認してから出勤登校することに。

そして真崎家のメンバーは小学校に寄って駅に向かう。

「僕が子供の頃はまだ登校班っていうものがあって、近所の子たちが集まって登校したものです」

そんなことを真崎さんが言う。今は少子化時代だからそんなものはないのかな……地域によってはまだあるんだろうけど。

小学一年生が一人で小学校に登校っていうのが……不安だよな。

あれ？　莉奈ちゃんが登校するには時間帯ちょっと早くね？

「真崎さん」

「何？」

「莉奈ちゃんの小学校ってこの時間に登校するの、早すぎませんか？」

「大丈夫だと思うよ。莉奈の小学校は駅前というか駅に近いから、隣駅から通ってくる子も多いって入学式直後の保護者会で説明があったんだよ」

へー。

近距離遠征な児童もいるのね。

真崎さんが言うには、莉奈ちゃんの小学校は私立や国公立の中学への進学率が高い学校らしい。オレがここに来る前に通っていた小中学校とはやっぱり違うな。

そんなオレ達の会話を聞いてるのか聞いてないのか、莉奈ちゃんはオレの手をはしっと摑んで嬉しそうに振る。

「コーセーお兄ちゃんと、いっしょなの！」

ねえ、言っていい？

オレ前回の高校の時、女子と手を繋いだ記憶ないんですけど……。

今は小学生女子と手を繋いでる！　妹ですよ！　オレは不審者じゃない。兄ですから一応！

「おまわりさん、こいつです」とかの通報なしよ！　マジやめてね！

「莉奈はすっかり幸星君がお気に入りだね」

真崎さんの言葉に莉奈ちゃんはご機嫌で頷く。

手を繋いでると、莉奈ちゃんは小さく鼻歌を歌っていたのをとめて、真崎さんを見上げた。

「コーセーお兄ちゃんは、ゴハン作ってくれるし、莉奈のかみもゆわえてくれたもん」

「ほんとお前って、器用な奴だよな」

え……このイケメンに感心されてる？　ちょっとまって、これでオレが女だったらフラグたっちゃう感じ？　いやいやそうじゃねえだろ。

「髪の件はググって練習したけど……飯は、ほら、いままでもオカンが仕事で不在がちだったから、そこはいろいろ……って、いままで、真崎さんも優哉も飯はどうしてたの？」


「「主にコンビニと冷食と外食で」」


真崎さんと優哉は同時に答える。

まじかよ……ああ、でもさっき二人に渡した弁当の中身。おかずがほぼ冷食なんで、ちょっと悩んでたんだけどそこは安心だな。文句は言われないだろう。

ほどなくして莉奈ちゃんの通う小学校の正門前まで来た。

「パパ、お兄ちゃんたち、いってらっしゃい」

「おう」

「莉奈もがんばれ」

「うん」

バイバイってオレ達に手を振って、莉奈ちゃんは学校の門をくぐって行った。

癒されたわー、朝の頑張りは今の莉奈ちゃんの「行ってらっしゃい」で報われた。

慌ただしいけど、こんなほっこりするような朝を迎えたことなかった。

莉奈ちゃんを見送り、男三人で最寄り駅から電車に乗り込む。うは、久々の通勤ラッシュですわー。

「幸星君も、気を付けるんだよ」

「じゃあな、幸星」

「う、うん」

乗り換えの駅で真崎さんと優哉とバラバラになる時、優哉にそう声を掛けられた。

やっぱり爽やかだなーコイツ。優哉なら何度逆再生したって、爽やかイケメンだよな。

逆再生する前、こいつのこういうところが、もう羨ましくて妬ましくて鼻についてしょうがなかったが、今回は一周回って可愛いじゃねーか。

それもオレがアラサーの記憶を持っているから、おっさんになった経験と時間を体験してるから感じることなんですけどね。

「あ、そうだ、幸星君待って」

「?」

真崎パパに呼び止められた。

一瞬だけドキリとする。大丈夫、オレはアラサーを一度経験しているんだ。

大人の男の人に対して、ビビッていた最初の15歳の時とは違うぞ、15歳の外側を被った中身おっさんだからな！　ビビるなオレ。

そんなオレの内心を知らず、真崎パパは財布から一枚のお札をオレに渡す。

何コレ?

「え?」

「足りない文具系があったら、学校帰りにこれで買い足しておきなさい。優哉にはすでに渡してるから」

「はい……」

「昼飯代浮いたからね、ありがとう」

優哉と同じDNAだなと思わせる爽やかな笑顔を残して、乗り換え路線へと歩き去ろうとしている。オレはそんな真崎さんに向かって、声を出した。

「……あ、ありがとうございます！」


真崎さんは振り返って手を振ってくれた。

逆再生前の15歳の時の、真崎さんとの会話なんて、全然思い出せない。

オカンが再婚する時の食事会の時によろしくお願いしますぐらいで……だからこんなお小遣い渡された記憶なんかも当然ない。

なんなんだよ。この状況。

別世界線に来る前の15年前のオレ、もしかしたらこんな風に、この二人と歩み寄れたのかな……とも思いながら、乗り換えの電車に乗り込んだ。

◆5 二回目の高校生活です(留年じゃないのよ)

そして学校ですが……。

入学式終えてすぐに各教科テストとはこれいかに!

あったな、あったんだよ学力測定テスト!

クラスの中からも「いきなりテストかよー」なんて声があちこちであがる。

オレも心の中で絶叫していた。そこは授業からじゃないのかと。

もう終わったと思ったね。けど、問題に視線を走らせると、意外と自分の記憶力も捨てたもんじゃねーなと思ったわけよ。白紙覚悟で臨んだが、意外と解けた。記入できた。もうそれだけでやり切った感。

テストが終わったと思ったら、HRでクラス委員決めです。必ず誰かが何かの委員になるか、教科の担当係にならなければダメなのです。

あー高校の頃ってこうだったっけ……。

小中学校と違って、さくさく決まるんだよなこれが。

15年前、最初の高校入学当時も驚いたけれど、これってやっぱ大学受験を見越しての評価もあるからなんだって後になって納得した。

ちなみにオレは今回、体育祭実行委員になりました。立候補しました。押し付けられたわけではないですよ。意外だろ。

だけどな、これは逆再生前に後輩から聞いていたんだよ。体育祭実行委員って、文化祭実行委員よりも準備期間が少なく、一学期で終了するから後は何もしなくてもいいという話をな！

他の委員会は定期的に会議やら活動やらある。各教科担当の係も、会議こそはないけれど、年間通していろいろノート集めたりなんだりするけど、この体育祭実行委員の活動は、一学期のみ！　体育祭まで！

多分15年前は余った感じの何かの教科の係だったと思う。そこの記憶はない。

委員も係も決まって、さて帰るか……と思ったら、教室から先生が出て行った瞬間、クラス委員になった富原《とみはら》が声を上げる。

「さてーみんなーラ〇ン交換しようぜー、っていうかさ、この1‐Bクラスのラ〇ングループ作っておきたいんだよね、学校の連絡事項とか一斉に流すからー」

まて、オレの一回目の高校の時、クラスの全員携帯所持していたが、こんなノリじゃなかったろ、何このスマホ有効活用。

全員がスマホを取り出す。なんだよこの世界線。

何これ、こういうのありなの？

確かに高校生の時はイジメとか弄りとかはなかったよ？　小中学校とは違ってね！

だからって、携帯番号交換なんて、オレ以前はやらなかったぞ！　アドレス帳なんてスカスカだったんですけど!?

この高校、当時も確かに携帯禁止ではなかったけどさ、こんな感じになるの!?

オレの通っていた中学校の近くに点在してる高校では、携帯はロッカーに入れて休み時間以外使用禁止とかはあったみたいだけど、この学校公立なのにめっちゃ自主性に委ねてるんだよ。オリエンテーションの時、スマホの持ち込み自由。けど授業中の指示のないときの使用禁止、着信音は禁止って通達があって「へー」とか思ったんだけど。

とりあえずオレも業務連絡系ならと連絡先を交換しました。

教室でやった自己紹介よりも、コメントになんとなく個性出てるな……。

「じゃ。これで全員終わったなー。クラス会とか親睦会の参加不参加とかもこれやりとりできるんでー」

富原が声を上げた直後にスマホ画面を見て固まった。

「どうしたーイインチョー」

クラスのみんながぞろぞろと教室から出ていくので、オレも早々と帰宅せねばと思い教室を出ていこうとするが、スマホを見つめ固まった富原の周囲を何人かが取り囲んだ。そして富原が口を開く。

「せ……先生から……通知が……きた」

富原を囲んでいた数人が「はあ!?」と尋ね返し、教室に残っていた生徒も富原に注目する。

「先生もクラスグループの参加を希望している」

「え？」

「まじ？」

え？　先生もラ〇ングループに入ってくるの!?　その事実に驚くけれど、ちょっと考えて納得した。これは別に先生が生徒とキャッキャウフフしたいわけではないのだ。このクラスの担任、新卒のフレッシュな先生じゃないよ。どっちかって言ったら超ベテランで定年の年齢に近い方だぞ。

多分業務連絡用だろ、担任としては一つあるとありがたいんじゃね？

一回の送信で全員に通達できる緊急連絡網不要の連絡手段だもんな。各家庭に回す緊急連絡網って、小学校中学校の時にもあったけど、あれってマジ効率悪いよね。これは子供にスマホを買い与えてない家庭もあるからってことなんだろうけど、この時代じゃ高校生のスマホ所有率って100パー近くじゃね？

「おい、佐々木《ささき》！　言ったそばから、グループ抜けてんじゃねーよ！」

富原君が声を上げる。

「え、先生が入るなら楽しくおしゃべりできないもん」

お前は女子か！　的な口調で佐々木君が呟く。

「ちょっとどうする？」

「入れる？」

いや、入れとけよ！　そこは！　委員長、アンタ最初に言ってただろーがよ、学校連絡事項って。なんで先生から通知入って、いの一番にためらうの？

このクラス全員が陽キャのパリピじゃねえだろ！

先生をラ◯ングループに入れるか入れないかで富原委員長を囲んだ数人と、そして「先生入るのー？」なんて疑問等やさっそく抜けた佐々木みたいにオレも抜けるとか、あたしもーとか画面上のコメントが流れる。

……スマホ画面のコメントの加速すげえ……。

いろいろカルチャーショックだこれは。

「もうとりあえずこのグループは連絡用で先生入れておけば？　どうせそのうち互いに連絡しあう生徒同士で別グループ作成されるだろ」

オレはラ◯ンにそうコメントを流してスマホをポケットにしまい学校を後にした。

学校から自宅の最寄り駅に着いた時、せっかくだから今朝真崎さんにもらったお金で文具を買い足そうと思った。

オカンの再婚を機に引っ越して現在の住所は、少し都心寄りになっている。

エリアで言えば城東から城南に引っ越した感じ。

駅前の商店街も充実してるけど、駅ビルに入ってる店舗が逆再生前とはなんか変わってる。これは改装したり、新店舗が入れ替わったりしたからだと思う。

莉奈ちゃんのことも気になるから早く帰宅したいところなんだけど、高校生のお兄ちゃんが土地勘ないのも恥ずかしいので、とりあえず寄り道というか軽い探検的な？　それに莉奈ちゃんの学校時間が伸びたらバイトもしたい……15年前とは違う今のコミュ力ならなんとか行けそうな気がする。

そんなわけで駅ビルの中をぶらぶらしてみる。

「ちょっとぐらいいいじゃん」

「急いでるんです」

通りすがりに、そんな会話が耳に聞こえた。

立ち止まると、オレの学校の制服を着た女子が大学生ぐらいの男二人に絡まれているっぽい？　あれ？　もしかして同じクラスだったっけ？

顔に見覚えがあるぞ。

こういう場合、優哉だったらさりげなーく助けちゃうんだろうけどさ、オレは無理だなあと思って視線を逸らそうとしていたら、言い寄られている女子がオレの方に視線を向ける。ていうか視線が合った。

……これ知らないフリできないやつになったじゃん？

ここでこの現場をスルーしたら、翌日学校で何を言われるかわからんぞ？　せっかくトリップして前回よりは順調な二度目の高校生活を送れそうなのに。

あーあーどーするオレ？　逃げたらかっこ悪いし、だけど割って入るのもなあ。

いい案ねえかなー。うん。ねーな。

これは「なんだよお前」とか言われてボコられるコース確実だわ。覚悟決めるか。その隙に逃げてくれるだろ、この女子。そう思って彼女の方に歩き出すと、彼女は、ぱっと大学生二人と思われる男の手を振りはらってオレの腕を摑んだ。

「ごめんなさい！　探してました！」

彼女がオレにそう言った。生まれてこの方、女子高生から腕摑まれた記憶ないです。

6 小芝居をすることになってしまったようです。

オレの腕を摑む指がほっそ！　ちいさっ！　オレも逆再生っていうか高校生に戻ってるから、アラサーの時より子供なんだけどそれより小さい。

高校生だった時もこんな至近距離で女子高生を見たことないわ。

なんだか大人しそうで清楚って感じの言葉がぴったりの女子高生ですが、そういう女子も今時貴重な感じがする。その子のその表情は、なんとかこのナンパ野郎二人組を遠ざけたいから話を合わせろ的なオーラが出ている。

つまり連れとはぐれたという設定で小芝居打てってことですか？

じゃあ小芝居しとこう。


「ごめん、引っ越してきたばっかで土地勘なくて」


彼女はオレの言葉に、うんうんと頷く。

よし、そのまま調子を合わせてほしいと言いたげな頷き方ですね。

「優哉も莉奈も待ってるんで、早く行こうよ」

優哉と莉奈ちゃんの名前を出したのは、友達複数と待ち合わせしてるんだよ。という印象を、このナンパ二人組にアピールする為と、実在の人物の名前を口に出した方が、オレの下手な小芝居にもリアリティが加味されるのでは？　という姑息な思いからである。

実際、優哉はともかく莉奈ちゃんはオレを家で待っててくれるハズ……多分。

オレがそう言うと、後ろから呼ばれた。


「幸星ー？」

「あ、優哉」


神様はオレを見捨てなかった。なんて素晴らしいタイミングで登場するんだろう。このイケメン。さすがイケメン。

これで頭数は同じだから、摑みかかって殴られるようなことにはならないはず。

オレが返事をすると、ナンパ二人組は、イケメン登場に舌打ちしながら「んだよマジで待ち合わせかよ」とか呟いて退場してくれた。彼女もオレもナンパ二人組が退場していくのを確認して、はあっとため息を同時につく。

そんなオレ達の状況を把握してないイケメン兄貴は、とんでもないことを言ってくる。

「何やってんの？　さっそくデート？　ほんとお前は器用なやつだなー」

「誤解だ！　えーと、多分同じクラスだよね？　同じクラスの人なんだけどこの人、ナンパに捕まっていたんだよ。たまたま話を合わせただけ！　いやあでも助かったーオレ荒事は無縁だからさー」

あのままナンパ二人組に向かっていたら間違いなく鉄拳くらってたわ。クズ親父に殴られていたから受け身とかガードとかは早い方なんだけどね。こっちから手を出したことはないし。逃げ足も速くなったけど、オレが逃げたらこの子の方が捕まっちゃうだろ。助ける意味がなくなってしまう。

でも莉奈ちゃんがこんな風にナンパに遭うなら、問答無用で相手に摑みかかって手が出そうだ。

「さすがイケメンパワーは違うね、さっさと逃げてってくれました。助かったー」

「そのイケメン言うのやめろ」

「事実じゃん。ねえ？　イケメンでしょ？　オレの兄貴」

オレは彼女にそう同意を求めると、彼女はほっとしたように笑顔を見せる。

そんでまた、優哉もなんか嬉しそうな顔しているし……なんだよ、お前、この子みたいなのがタイプでしたか。

あれだけ女子にモテモテだったのに、スタンダードな美少女タイプがお好みですか。

わかります。

いいよねー正統派美少女。目の保養。

ＪＫなんて、逆再生前の高校生だった当時も、この世界にトリップする直前でも、まともに視界に入れることもできませんでしたよ。

目が合っちゃったらそれだけでゴミクズを見るような視線を飛ばされそうで怖くて。

でも、逆再生してる今なら大丈夫かな……？　っていうか、ごめん。

この子可愛いわ。

これはナンパされるわ。サラサラの黒髪ロングヘアに、大きな瞳。色白ってこういうの？ほら、よくラノベでいうところの透き通るような肌っていうの？　テレビの化粧品のコマーシャルに出てるタレントさんとか女優さんとかアイドルとか、画面越しで見てる限り「ふーん」って感じだけど、今、直接目の前って位置にいるこの子は、それに負けてないよ!?

顔の造作でいえば、優哉はイケメン間違いなしで、周囲からわーわー言われちゃうだろうけど、この子も結構すごいよ。

はー、いるところにはいるもんだねえ。

「あ、あの、ありがとうございました。わたし、水島遥香《みずしまはるか》です。多分、同じクラス……ですよね？　文英の1年B組」

改めて聞くと声まで可愛いかよ。

アニメ声みたいに甲高くなくて、でも柔らかくて女の子らしくていい声だなあ。見た目に合う素敵なお声ですね。

「あ、やっぱり、同じクラスだった？　真崎幸星です。で、こっちのイケメンが真崎優哉、頭もいいらしいですよ。成峰の一年」

「だからそのイケメン言うの止めろ。ていうか助けてないし、通りがかっただけだし」

優哉はそう言いながら、でもめっちゃ嬉しそうだなあ。

「お兄さん……って……同じ学年……ですよね？　似てないけど双子？　二卵性？」

水島さんの言葉に、オレと優哉は顔を見合わせる。

「つい最近、コイツの弟（兄）になりました」

気持ち悪いぐらい言葉がシンクロしてしまった。

「似てないのにハモってる……やっぱり双子……」

「違うよ、親が再婚して兄弟になったんだ」

水島さんは複雑そうな顔をしていた。なんだか聞いてはいけないことを聞いてしまったのかもという表情だ。

いや別に再婚家庭だからってギクシャクしてるわけではないので気にしなくてもいいんですよ。15年前はギクシャクしてましたが、今回は違うはず……。

オレは優哉の顔をのぞき込むと……なんだよ、お前、何ニヤニヤしてんだよ。優哉を誘って文具店に行こうと言うと、優哉は快諾した。

優哉は水島さんに話しかける。

「水島さんだっけ？　これからどこ行くの？　待ち合わせ？」

「いえ。ノートを買いに……」

なんだ目的地は同じですか。

「じゃ、よかったら俺等と一緒に行かない？　俺も幸星も目的地は6階のハ〇ズだからどうかな？」

ナンパ⁉　優哉さん、ナンパですか⁉　せっかくナンパから助けてあげたのに、キミがナンパしちゃうの⁉

「え……っと、お邪魔じゃないですか？」

はっ！　水島さん⁉　え？　ＯＫなの？　何これ、ただしイケメンに限るってコレのことですか⁉

水島さんへのナンパに失敗した大学生っぽい彼等がこの状態見たらと想像すると怖くなった。

そして気の毒にもなった。

可愛い女の子に声を掛ける勇気があるのに、秒で断られ恐怖されるのに対し、イケメンが同じことをすると、この反応の違い……。

「友達と一緒ならいいけど、一人なら怖いだろー。さっきのがいるかもしれないし」

優哉はそう言った。

……そういうことですか……イケメンはそこまで気配りするものなのか……。

まあそうだよね。これぐらい可愛いのが一人でいると、無謀な勇者が登場しそう。そして二次三次でナンパ被害に遭ってしまいそう……と考えて、ふと思いついた。

「あ、そだ、水島さん。女の子のアクセサリーショップみたいなの、この駅ビルにある？」

「はい。6階に」

どうやら優哉とオレが行こうとしていた階と同じフロアにあるとのこと。

「何、女子のアクセサリーショップって」

優哉が尋ねる。

「莉奈ちゃんの髪ゴムだよ。それいくつか買っておきたい。今朝、オカンの仕事に使うゴムで結んじゃったから、なんか味気ないというか……」

「幸星……お前ってやつは……しょーがねーなーそれ、俺も出すわ。水島さんアドバイスよろしく」

「はい？」

「小学一年生の女子が好きそうな髪ゴムを探したい」

優哉が水島さんにそう伝えると、水島さんは一瞬記憶を探って言った。

「あー……それなら6階よりも5階のほうがそういうショップあります」

6階のショップはもっと本当に水島さんぐらいの女子ご用達のショップで、5階に入ってるショップの方が小学生ぐらいには人気らしい。

行きすがら、優哉は「莉奈は妹なんだ」と水島さんに説明していた。

水島さんの案内で、先に5階に寄ることに。新学期始まったばかりだから、授業時間も短いのか、小学生の中学年以上の女子が案内されたショップに群がっていた。

わー……オレ……この空間に入れない……。


「無理・……入れない……怖い……」


オレが呟くと優哉は噴き出す。

「お前、何それ」

「だって小さい子たくさんいる空間だぞ無理、しかも女子しかいない！　無理」

「お前、莉奈のこと無理じゃないのに他はダメなのかよ」

「莉奈ちゃんは妹だからいいの、こんなおっさんが入ったら不審者じゃねーか！」

「おっさん……そりゃ小学生から見たら高校生はおっさんかもしれないが、安心しろ、ここには水島さんがいるから！　お前、この機会逃したら、ゴムが切れたりへたった時にどーすんだ、咲子さんの黒ゴムでいいのか？」

「うう……」

「ちゃんと女子が同行している時に買った方がいいだろ。オニイチャンも一緒に行ってあげるから、な？」

優哉〜お前楽しそうに言うなよ〜。わー手を引っ張るな！　覚悟を決める心の準備がああああ。ドナドナの子牛のごとく優哉に引っ張られてショップに足を踏み入れた。

髪ゴムは小さなプラスチックが幾つもマス目になっているケースの中に入っている。

オレは目的のものに視線を落とすと、周囲が小さい子たちしかいないという状態を一瞬で忘れた。

プラスチック素材で加工された透明な色とりどりの、女の子が好きそうな可愛い小さな飾りがついてる。飾りのモチーフは星とか花や、可愛い動物とかだ。

ガン見しているオレを見て、優哉は噴き出す。

「莉奈ちゃん、赤とか似合いそうじゃね？　こっちのお花も可愛いけど、単純に四角のブロック型のシンプルなヤツも透明でキレイだよね。えー動物も可愛い。ウサギとか猫とかもいいけどパンダとかこの熊も可愛い、なー優哉、莉奈ちゃんって動物何が好き？」

その様子を見た優哉と水島さんが笑ってる。

「幸星は妹ラブだから」

「えーいいお兄ちゃんですね……」

「え、だって今だけじゃん。きっと莉奈ちゃんが中学生ぐらいになったら、何このおっさんキモイ！　ぐらいに思われるって」

女子とはそういうイキモノだと思うから。想像したら泣きそうになるけどな。

　それに確かにこういった飾り……チャームっていうの？　こういう飾りがついてるのって、小学生の時だけって気がする。

　中高の女子は、髪留めとかもシンプルだったり、目立たないように透かし細工とか凝っていたりするかもしれない。

「幸星、莉奈の文房具はどうする？　ここ、ノートとか可愛いのがあるぞ」

「ダメ、小学一年生はジャポ○カ指定だから！　可愛いノートは先生に注意される」

「そうなの？」

「そうなの。だよね？　水島さん」

「あー……そうかもしれません。高学年ぐらいにもなれば、結構そこは自由になりますけれど」

「あ、敬語じゃなくてもいいよ。タメだし」

　優哉がそう言うと水島さんは「はい」と答えた。「うん」じゃないんだね。敬語で話すＪＫってなんか珍しい……。

「鉛筆とかも？」

　優哉の質問にオレと水島さんは頷く。

「まじかよ！」

　文房具系は多分、小学一年はメーカー物で揃えられることが前提。だってクラスで可愛いキャラモノなんかを持ってきたら騒がれちゃうだろ。そういう理由が大きいと思う。

　それを説明したら優哉は感心したように呟く。

「そうだったのか……幸星詳しいな、俺小学校の記憶ないぞ」

それは逆再生前、会社の上司が愚痴っていたからです。せっかく揃えたのに、小学校側からダメですとか言われたと……それを覚えているだけなんです。

「髪ゴムはいいのかよ」

「女の子は小さい頃から親が買うからそのまま小学一年の時も使用するパターンです。あまり注意されないですよ。派手すぎるのはさすがに親も自重しますから」

水島さんが答える。

「えー、初めて知った」

そんなこんなで、オレ達は三人で幾つか見繕ってレジに向かうが躊躇った。

レジ前にはすでに小学生女子が何人か並んでるんですけど……。

気が付くと、優哉はオレに「会計割り勘だよな」と言ってお金を渡され、さっさとショップのスペースから退避した！

ずるいぞ優哉！

オレはとても情けない顔をしていたと思う。それを見て気の毒に思ったのか、水島さんが傍にいてくれたので精神的に助かった……。

会計終わってよろよろしながらショップを離れると、ニヤニヤしながら優哉が言う。

「ご苦労、幸星」

「なんで上から目線!?　裏切り者っ！　優哉は困っている弟を助ける、いいオニイチャンじゃねーのか!?　もーハ〇ズ行くぞ」

水島さんがクスクス笑う。

オレはその様子を見てほっとする。

「真崎君たち、すごく仲がいいんですね」

「幸星はああ見えてデキル男だ。家族分の朝食も作り俺と親父と自分の弁当まで作るとかありえないでしょ」

ギャー何水島さんを前に持ち上げてくれてんの、このイケメン。ヤメテ！

「オカンがいま夜勤勤務だから仕方ないだろー。お前は成長期だし……あ、それだ！　思い出した。オカンが用意してるか確認しないと！」

俺はポケットからスマホを取り出してオカンにラ〇ンを送る。弁当箱買っておくように伝えると、すぐに既読がつく。「もー4人分買ってある」とコメントがついた。

「なになに～」

優哉がオレのスマホをのぞき込んでくる。

「……主婦二人……」

ラ〇ンのやり取りを見て優哉は呟く。

「けど、なんで莉奈の分もお弁当箱？　莉奈は給食だろ？」

「小学生はすぐに遠足とかあるだろ」

「あ～……遠足～……」

「オカン、ちゃんと可愛いのを買ったんだろうな⁉　水筒とかも！　遠足リュックとかビニールシートも！」

「大丈夫、咲子さん、お前と同じで莉奈ラブだから、そして女の人だからそこのセンスはいいと思う」

「そ、そうか？」

「だってさー咲子さん、莉奈大好きじゃん。一緒にお買い物とか風呂とか寝かしつけも一緒になって寝てるし」

オカンは子供好きだからなー。

「ていう感じなんですよ、水島さん。うちには主婦が二人いる感じで、親父の再婚、最初どうなるかと思っていたけど、想像してたよりも上手くいきそうなんだ。俺の弟と仲良くしてやってね、いい奴だから」

優哉がそう言うと、水島さんが可愛く頷いてくれた。

◆7 部活、入らなきゃダメですか？

この学校さ、クラブ活動絶対に入らないとダメな学校でしたっけ？

帰りのSHRで担任の先生から「必ず部活に入るように」とか通達がありましてね……。

オレは逆再生前の高校生の時は帰宅部だったよ？　帰宅部って書いちゃダメかね。

幽霊部員になるとしても運動系の部活は選択除外だ。

この学校、文武両道を掲げてて、公立の割には大会に出るとそこそこいい成績らしいわけよ。

そんなところに入ってみろ、死ぬわ。絶対。

それに莉奈ちゃんと遊べないじゃん。

オレの新しいマイシスター莉奈ちゃん、超天使ですから！　一緒に宿題したり、夕ご飯作ったり、ゲームしたり、そんな時間が削られるじゃねーか！

それにオカンは夜勤の時もあるから、オレが見守らないと！

となると文化系だよな。どうする？


「真崎ー お前だけだよー先生に提出する部活申請書白紙で出したの」

富原委員長がオレに声を掛ける。オレの机の上にある、名前だけ記入した白紙の部活申請用紙をひらひらさせていた。

うーん。オレの記憶の高校一年のクラス委員長ってこういう奴だったっけ？　あんまり記憶にないな。当時はボッチだったし、クラスの奴等との会話もあんまり記憶にないんだよなあ。それに、今は何でだかわからないけど、二度目の高校生になってるし、アラサーだったのに高校生にタメで話しかけられてキョドってしまう。

ちなみに委員長、イケメンではないが、人当たりが良くて、男女問わず声を掛けられやすい。そして本人もこまめに周囲に目を配るタイプのようだ。

クラスの中でもひときわ騒がしく賑やかな男子生徒であるキクタンこと菊田《きくた》君とは中学校からの付き合いだそうで菊田君も「何々～？　何話してんの～？」と言いながら近づいてきた。

「か、家庭の事情で部活ができない……」

「は？」

「部費のかかるような部活は避けたいし、なるべく早く帰宅したいんだよ。妹が小学一年生になったばかりですぐに帰宅するから、見守りたいわけで。オカンがいるときはいいけど仕事のシフトでいない時も出てくるだろうし」

「学童入ってないのかよ。オレなんかガキの頃はそこにいたぞ」

学童……学童保育室というやつですね。オレも入ってた。両親共働きの児童、主に低学年の子を預かってくれるんだけど……。

「ちょっとタイミング合わなくて入れなかったんだよ……半年は待機状態なんだよ」

再婚とか進学とかの手続きで（なにせ子供三人分）そこだけ漏れてしまっていたという……

真崎家の事情がある。

クラスでも目立つ感じの男子に囲まれ一瞬の注目を浴びて、オレは内心焦りましたよ。三人以上でオレを囲まないでお願いっ！

って言っても、オレじゃなくて委員長を囲んでるのね。はいはい。

一回目の高校時代の時のボッチの弊害がここにあるのか。

「なんだなんだ、どうした～」

「真崎が部活悩んでて白紙で出したんだよ」

委員長が部活申請書をヒラヒラさせたまま、部活の縛りの緩いクラブに入りたいんだってと菊田君に告げる。

「文化系部活でいいじゃん、文化系はかなり緩いよ。活動日の縛りがめっちゃキツイのは吹奏楽部だから、そこは除外すれば？」

ああ……吹部な……だって運動系ともろ直結してる部活だろ、どこの学校も。

楽器も自前で揃えなきゃならないし、合宿遠征大会と、めっちゃ部費かかるじゃん。

オレは聴くのが専門で自分で演奏なんてするタイプじゃない。先日のクラスのカラオケ親睦会も不参加でした。

うん、文化系でもそこは除外だな。

「でも運動系とか、吹奏楽部なんかも文化系部活じゃ最大部員数じゃん？　人数多くて活動がしっかりしているところってはやく学校に馴染めるらしいぞ。先輩が親切にいろいろ教えてくれるってさ。運動系はもうバリバリだけど。この学校って、ＯＢとかＯＧとかの縦のつながり強い学校だよなあ、入学説明会とかでもなんとなく感じてたけどさ」

委員長はそんな感想を漏らす。うん。この学校そんな感じがする。

だけど、こういう校風だったっけ？

「真崎君、漫研とかどーよ。いつも文庫本持ってるし、本好きなら漫画も好きっしょ？」

そう薦めるのは、草野汐里《くさのしおり》さんだ。

ショートカットのメガネ女子でフレームが赤色なのがお似合いです。

ヲタなんだからヲタ部に入れよってことですか？　いやいや、オレひたすら消費するタイプなんで！　創作できないから、でもそれでもＯＫだったりして、下手に楽しかったりなんかしちゃったら、ハマっちゃったりして、莉奈ちゃんとの時間が減るじゃねーか！

「なんか妹の面倒見るみたいで、比較的ゆるゆるな活動のところがいいらしいよ」

委員長がオレの代わりにみんなに言う。

「スイーツ部なんてどうですか？」

草野さんと割と一緒にいる水島さんの発言。

水島さんと草野さんって仲がいいのか。そしてやっぱりクラスの中でも敬語なんだ。言葉遣いの荒い女子高生なんかを電車で見かけるけど、水島さんからそういう言葉を聞いたことがない。

あんまり見るとキモイとか思われそうだよね。視線を外します。草野さんも水島さんも、大人しめの印象だから、オレのようなコミュ障ボッチヲタだろうと弄ることはないと思っていたけど……。

でも水島さんが薦めるスイーツ部ってアレだろ、クッキング部だろ？　なんか部員女子が多そう。むしろ女子しかいないかも？

普通の男子生徒ともキョドって会話できないこのオレになぜそこを薦めてくる？　大人しそうでも敬語キャラでも、オレのようなタイプを弄って遊ぶドSなのか？

思わぬ刺客だな。

「なんだよ水島、そのチョイス！」

菊田君が声をあげる。はー水島さんを呼び捨てですか。その強心臓羨ましい。ちなみに菊田君はサッカー部に入部したいらしい。

「先輩からきいたけどその部、女子だけだろ？　そこに真崎入れるとかなくね？」

委員長もあきれる。……意外と男子が優しい？

水島さんは顔を真っ赤にさせて両手を振る。

「あ、その、そうじゃなくて、その、妹さんへのお土産作れるから……いいかなって……部活も週1だそうで……文化祭前は忙しいという話ですが」

え？　お土産？　なにそれ！　もしかして水島さん善意の推薦だったの？　その部。

「お土産って何？」

オレが食いつくと菊田君と委員長は「え？」みたいな顔をしてオレを見てる。

もちろんオレが尋ね返すなんて思ってなかったみたいで、水島さんは驚きつつ、ほっとしたように話してくれた。

「スイーツです。クッキーとか、マカロンとか作ったりするそうです。部費はだいたい材料費程度で」

部員は女子だけだろうと予測はできる……オレがアガらずにコミュニケーションとれるかどうかの不安要素はある……だが、いいかもしれない……。

頭の中でクッキー持って帰ったら莉奈ちゃんが天使みたいに笑顔で「美味しいーっ」て言ってくれる場面を想像した！

部費もほぼ材料費というリーズナブル感がいい。

……それに雰囲気がダメだったら、幽霊部員するにはもってこいの部ではないだろうか？

「委員長、それ貸して」

オレは委員長から申請書をもらい、書き込む。

「ちょ、おま、まじで!?」

オレが申請書に「スイーツ部」の文字を書くと委員長が驚きの声をあげた。

「ザッキー、まじで入るの!?」

「菊田君のその『ザッキー』って何？」

オレが尋ねると、菊田君はけろりとして言う。

「いや真崎だから『ザッキー』でいいかと」

クラスメイトに愛称で呼ばれるなんて、逆行前はありませんでしたけれど!?

オレが動揺していると、男子二人は、お前、何してくれてんの？　的な視線を水島さんに送る。

「じゃあ、提出がてら見学してくる」

「ちょっと、ザッキーお前、マジかよ！」

「マジ」

「みーずーしーまー、おまえー」

イインチョーもキクタンもそんな、別に水島さんをそんなに責めなくてもいいよ？

オレが席を立つと水島さんが慌ててオレの袖を引く。

「わ、わたしも付き合いますから！」


どっきりしました。

クラスの可愛い女子から付き合うからって言われた……。

ごめん、付き合うじゃなくて付き添うね、うん。正しくはそれね。

「わたしも実はスイーツ部見学してみたかったんです。でも、友達はあんまり興味持ってない子ばかりで」

「俺も付き合う」

委員長!?　オレと付き合うの!?　違うだろ、心配だから付き添うだろ、委員長面倒見いいな。

「え、富原も行くの？　じゃあオレも〜」

「面白そう、あたしは漫研に入るけど、見学期間だからあたしも行く〜」

キクタン？　草野さんも!?

何コレ、え？　え？　オレ一人で行くよ？　え？　なんで一緒なの？

修学旅行でもないのに、団体行動というパニックに陥りながら、オレは教室を出た。


調理実習室がスイーツ部の活動拠点だ。

この学校にはクラス棟とは別に特別教室棟がある。

理科室とか音楽室とか美術室とかがある棟ですよ。

調理実習室に近づくと、甘い匂いがしてきた。実習中なんだな。

「なんかうまそうな匂いする！」

キクタンお前、甘いの食べるクチなんだね。

いやオレも食べるけど。

水島さんがドアをノックすると、引き戸が開けられる。エプロンをした二年の先輩だろう、上履きの赤いラインでわかる。

「え、見学!? うそ! 嬉しいっ!! 男子もいるじゃん!!」

……クラブの先輩って……意外とフレンドリーな感じなものなの? どうなの? 運動系とかは、威圧感バリバリっていうのはイメージできるんだけど、ほぼ女子で構成されているクラブってこんな感じ?

「あ、すみません、俺等は冷やかしで、こいつの付き添いっす」

キクタンはオレを指さす。

何でお前、のっけから素直にぶっちゃけてんの!?

内心アワアワしていると、先輩はケラケラ笑ってる。

「いいよいいよ、うちはクラブ発表会とかに出ないから、こうして新入生が来てくれるように、クラブ見学期間はだいたい毎日実習してるんだ～」

冷やかしって言ってるのに気にしてないようで、「入って入って～」なんて気さくに招き入れてくれるなんて、すごいな。

「基本週一のクラブ活動なんだ。緩い感じでやっているんだけど、文化祭は忙しいよ? 模擬店を出すクラスには部員がお手伝いとして派遣に行くし、もちろんクラブでも模擬店は出します。恒例だからね。アップルパイ焼きたてだから食べてみて～」

そんなことを説明しながら、先輩は手際よく切り分けたアップルパイをオレ達の前に差し出す。

先輩に促されてみんなフォークで切り分けて一口。

うん。美味しい。シナモンとリンゴの配合、オレ好み。

「お菓子は作ったことないんですよね」

オレはそう言った。

「え？　お菓子『は』って……料理はしたことあるんだ？」

「家族の朝飯と弁当三つ作りましたけど？」

オレがそう言うと、水島さん以外のその場にいる人達が、オレに注目する。

「マジ？　すごいじゃん!!」

「何それ、お前、おさんどん？」

「どういうこと？」

先輩は、コーヒーまで淹れてくれたよ。

しかもコーヒーインスタントじゃなかった！

一個パックの紙フィルタのヤツだ！　ちゃんとドリップしてくれてる!!　クッキング部いやスイーツ部舐めてました！　さーせん!!

「この春オカンが再婚したんだ。オカンは看護師で本日夜勤でいないわけ。新しくできた妹がまだ小学一年生なんだよ。妹は懐いてくれたから、放課後は家のことに時間をとりたくて、できれば帰宅部になりたかったんだけどさ。小学一年って入学したては早めに帰宅するだろ？　学童は待機中だから」

新しい家族と高校生活……当時のオレは新しい家族に馴染めるかなとかそんな期待とかはまったくなくて、ただ戸惑ってばかりで、俺よりガタイのいい優哉と真崎さんに怯えて、何をどう話を切り出せばいいのかわからなかった。

でも今回は違う。そんなに周囲に対して萎縮はしない。ボッチでいることも慣れていたから平気だけど、こうやって人に囲まれて話すことに対しても、以前の15歳の時ほど構えることも萎縮することも緊張することもない。

「自分で朝飯作るのはそういうわけで以前もちょくちょくやっていたんだけど、ついでに全員分を用意することにしたんだ。新しい妹は小学一年生なんだよ？　そんな小さい子に朝飯抜きってどうなの？　妹だけじゃなくて新しい兄貴も喜んでた」

「お前スゲー、よく朝起きられるなー。オレは無理だわ、ギリギリまで寝てるぜ」

キクタンがそう言うけど、学校が遠いともっと早起きの奴もいるだろ？　部活推薦で入ってすでに朝練とかの奴もいるんだから。

それに引っ越したばかりだから、新しいキッチンにも慣れておきたいというのもある。新築のキッチン、めっちゃ広くて使いやすい。素敵なキッチンですよー。三つ口コンロで食洗器とかディスポーザーとかも装備！　真崎さん、見た目イケおじですが、財力もイケおじだったんですね！　オカン貴女の男運、すげえよ！

「たいしたもんは作れないけどな。弁当なんかほぼ冷食オンリーだったし卵焼きとウィンナー焼くだけで。そんなわけで、なるだけ不参加でも問題ない部がいいんだよね。運動はこの時点でNGだろ?」

「じゃあウチ(スイーツ部)でいいじゃん」

先輩があっさりとオレに言う。

「え、いいんですか?」

「そういう事情があるなら、活動できる時だけ参加でこっちは全然かまわないから。あ、私がスイーツ部の部長やっています。皆森香苗《みなもりかなえ》です」

アップルパイを切り分けてくれたこの人が、この部の部長でしたか……。

「じゃ。よろしくお願いします」

「え? 即決!?」

委員長が驚きの声を上げる。

「え、だって、事情知ってもらったし、それで許可出てるならここしかないかと。あ、オレ、真崎幸星です。よろしくお願いします」

オレはその場で入部届を書いて、スイーツ部の部長に渡した。

◆8 莉奈ちゃんとお料理した。(ハンバーグを作ってみた)

なんか怒涛の一日だった。

たくさん人と話したからだろうか。オレのＨＰは確実に減っている。しかも男子だけでなく女子とも話してしまった。

絶対うざいとかキモイとか言われると思ったのに、みんななんであんなにフレンドリーなわけ？　こんなことあったか？　逆行前はなかったぞ、ずっとボッチだった。

しかもオレ自身が結構べらべら喋ってるじゃねーか！　高校生相手に!!　いやオレも今高校生なんだけど！　ありえねえええ。恥ずかしい、穴を掘って埋まりたい！

一人、両手で顔を覆って悶絶していると、人の気配がした。


「コーセーお兄ちゃん、頭いたいの？」


莉奈ちゃん！　莉奈ちゃんはオレのデスクの端っこに手をかけて、オレの顔をのぞき込んでいた。

そうか、オカンは出勤したのか。

さみしくなってオレの部屋まで来ちゃったか!!

お兄ちゃん頭は痛くないけど、頭おかしいかもしれないから悩んでるんだよ。なんて言えるはずもなく、両手で顔を覆ったまま大きくため息をついて気持ちを切り替える。

「大丈夫だよ、さて～お兄ちゃんは夕ご飯を作ろうかな～」

自分で自分のことをお兄ちゃんと言うこそばゆさ、でも莉奈ちゃんはキラキラした瞳で見上げてくる。この子すごく表情がいい。人見知りっぽかったけど、慣れるといろんな表情をする。さて、そんな可愛い妹の為に頑張ってお兄ちゃんらしくお食事のしたくするよ！

「何を作ってくれるの？」

下校間際にオカンにラ〇ンを送っておいた。材料は莉奈ちゃんと一緒に買いに行ってくれているはず。

オレが部屋を出てキッチンに向かうと、莉奈ちゃんもちょこちょことついてくる。冷蔵庫を開けて確認。ふむふむ。買ってきてくれてるね。

「今日はハンバーグを作りたいと思います」

「ハンバーグ!!」

「莉奈ちゃんはハンバーグ好き？」

「好き！」

ですよねー。オレも好きです。

「莉奈ちゃんも手伝ってくれますか？」

「はい!!」

小学一年生の明るく元気のいいお返事。

……癒される……。

逆再生してよかったと思うのは莉奈ちゃんの存在だ。莉奈ちゃんがいてくれたから、学校に行っても、女子に話しかけられてもキョドることなかったんじゃないだろうか？　わりと自然に会話できてたよね？　オレ。

「じゃあ、お手て洗ってきてね。莉奈ちゃんにはコネコネ係をしてもらうから」

「はい！」

素直～可愛い～。オレも手を洗う。

あ、今度莉奈ちゃん用のエプロン買うようにオカンに言っておかないと！

準備を終えて、キッチンに立った。

「まずはひき肉、最初にコレをコネコネしてね。あとで玉ねぎとかも入れるけど、最初にちょこっとだけこねておいた方がいいんだ」

ひき肉をボウルに移して塩コショウを軽く振って渡すと、莉奈ちゃんはコネコネを始める。

よし、その間に玉ねぎのみじん切り、ピーマンとニンジンも少量みじん切り、玉ねぎの半分ぐらいの分量だけどもう少し減らした方がいいかな？　やっぱりほら、うちには現役男子高校生で運動部所属の人がいるから、肉の味がする方が好みかもしれないし。

オレがガキの頃は緑黄色野菜が苦手で、オカンがこうしてみじん切りにしてハンバーグに混ぜてくれたおかげでピーマンも食べられるようになった。

みじん切りの野菜を軽く炒めて粗熱をとる。

粗熱をとっている間に、ジャガイモを手にする。

こいつをピーラーで剝いてレンジに。

ブロッコリーもつけよう。

莉奈ちゃんがコネコネしてるボウルを見てストップをかけた。軽くコネコネでいいんだよ。

「はーい、莉奈ちゃん今度はこっちです」

レンチンしたジャガイモが入ったボウルとすりこぎを莉奈ちゃんに渡す。

「なにするの？」

「これでお芋をコネコネしてください」

「はい！」

莉奈ちゃんはちゃんと手を洗ってから、すりこぎを持って芋をマッシュしはじめる。今度百均でマッシャー買おう……。

そして莉奈ちゃんがマッシュしている間にオレはキュウリをスライス。

あとこれもスライス。部活見学の時に余ってるからって言われてもらったリンゴだ。

リンゴの皮を剝いて、塩水に漬ける。変色予防なんだけど、しょっぱさがなあ……。この変色予防はその昔、オカンから教わったことなんだけど、今ならレモンとかで変色予防ができるよね。でも、サラダに混ぜるからいいだろ。

　その作業を終えて、粗熱がとれた野菜をひき肉に混ぜて繋ぎのパン粉、卵、牛乳をほんの少しと……あと焼き肉のタレを少し混ぜて、こねる。

　よし、いい感じになった。成形する。あ、コレ、明日の弁当に入れよう。

「莉奈ちゃん、お芋はもういいよ、小さいハンバーグを作ってくれる？　三つ作ってね。このぐらい小さくお願いします」

　オレが見本の大きさを見せると、莉奈ちゃんは頷く。

「はあい」

　そして夕飯とは別に二つほど薄めのハンバーグを作る。これはオカンと莉奈ちゃんの間食用です。普通に食パンに挟んでもいいけど、市販のマフィンとかに挟んだら、莉奈ちゃんはマク○ナルドみたーいってテンション上げてくれるかも。

　そして、莉奈ちゃんはちゃんとお弁当用のプチバーグ作ってくれて、これがお弁当の分だとわかっているっぽいから……なんか作っておいた方がいいかなと思ったんだ。そして今日の夕飯としての分の成形もしておく。

　あとでラ○ンでオカンに知らせておこう。

「あとは焼くだけね」

　バットに成形バーグを並べてラップして冷蔵庫に入れておく。

　莉奈ちゃんとオレは手を洗って、サラダの続き。

変色しないようにリンゴを塩水に漬けてたからしょっぱいけど……。

「莉奈ちゃん、あーん」

莉奈ちゃんの口に一切れリンゴを入れるとシャリシャリ食べてる。

小動物みたいに可愛いいっ！

「しょっぱいけどりんご」

「お手伝いのご褒美だよ」

……女子の意見でたまに、「彼氏が料理を手伝ってくれない。料理を一緒にしてくれる男子っていいよね」とかテレビやネットで見たりするわけだけど、その意見はオレ的にもありなわけ。オレ自身も彼女ができたら（できる気がしないが）一緒に料理したい派なの！

そんで味見する彼女を見てニヤニヤしたいの！　キモイとか言うなよ！　ささやかなドリームなんだよ！　過去二次元推しでどんだけ妄想したことか。

逆再生する前も、多分逆再生した今もそんなことは絶対に起きねーなと思っていた。

だが、今、莉奈ちゃんとお料理している!!　夢叶った！　妹だけどなっ!!

莉奈ちゃんがマッシュしてくれたジャガイモに、キュウリのスライスとリンゴのスライスを入れてマヨネーズとバターをほんの少し投入。そして混ぜる。

あとブロッコリーは茹でる……レンチンでもいいかな……。

汁物は……あ、オカンが紙パックのポタージュ買ってきてくれてた。ラッキー。コレを温めればいいか。最初から最後まで手作りなんて無理無理。

市販のもので補えればそれでいいと思おう。うん。異世界転生じゃなくてよかったのは、こういうところだよな……。

玄関の方から「ただいまー」の声がする。声だけでもイケメンだよ、クソ羨ましいな。

「優哉お兄ちゃんだーおかえりなさーい！」

ぴょんと跳ねるように玄関へお出迎えする莉奈ちゃんの後ろ姿を見て、オレはサラダにラップをかけて冷蔵庫にしまう。

無洗米を5合ほど炊飯ジャーに入れてセット。

ちょっと一休み。

コーヒーメーカーをセットして……一応、優哉の分もね！　莉奈ちゃんはミルクティでいいかな。

お茶したら夕飯にとりかかろう……。

「幸星！　弁当サンキュー！　なにあれ！　だし巻き卵!?」

優哉はカバンから弁当箱を取り出して、キッチンに置く。

「一応……でも、市販の顆粒だし麺つゆだぞ？」

「甘いの想像してた！　でもしょっぱくない!!　おまけにひじきも入ってた！」

「甘いのは……焦げ目がつくから止めた。甘いのがいいなら甘いの作るけど？」

「どっちでもいい！　ありがとう幸星！　お前マジ神!!」

そんなに感激しちゃうのかよ。

こいつバスケ部だし身体動かすし、購買のパンだけで昼はもたねーだろ。購買のパンが補助食的な感じだ。こんなに喜んでくれるなら、弁当のおかずに入りそうな副菜や常備菜も作った方がいいのかもな……。

「感謝は態度で示してほしい、弁当箱は自分で洗ってくれてもいいんだぞ」

「オッケー、着替えてくる」

ご機嫌だな……。学校そんなに楽しかったのか……。

オレは疲れたよ。いろんな人と喋りすぎて。

優哉は自室に戻って着替えてきたようだ。

ランチバッグから弁当箱を取り出して素直に洗う。オレはその後ろを横切って、莉奈ちゃん用のミルクティを作る。ミルクたっぷりにしておく。

紅茶はほんの少し。ミルクティじゃなくて、ホットミルクの方がよかったかな。まあいいや。

そして炊飯ジャーを開けて水の位置を確認すると、早炊き設定にしてスイッチオン。

「コレ、お前のね」

弁当箱を洗い終わった優哉に声をかける。

キッチンカウンターにコーヒーの入ったマグを置く。

「砂糖とミルクはお好みで」

ちなみにオレは入れない。意外と思われるかもしれないけれどコーヒーはブラック派なんですよ。

「え！　俺の分も？」

「あ、ダメだったっけ？」

こいつコーヒー苦手だったっけ？　別にこだわりないと思ってたんだけど……。あんまりそこらへんの記憶がない。そりゃそうだよね。逆再生前より、今の方が会話率高いもんな。わー失敗した？

「いや、全然ダメとかではなく。帰ってきてコーヒーすぐに飲めるとか！　幸星！　嫁に行くなよ！」

おい、まて。

確かにリアル女子は苦手だし結婚できる気がしないが、二次元の推しはオレの嫁。そう、もし結婚するならオレは嫁をもらいたい派なんだよ。

あ、でも、いまならお願いを言い出せるチャンスなのか？

「優哉、あのさ、飯終わったら、学力測定テストでひっかかった問題があるんで、教えてくれない？」

「そんなことぐらいなら喜んで！」

今、居酒屋かよってぐらいの勢いがあった。

でも快諾でよかった〜よろしくお願いします、優哉先生。

「莉奈ちゃんはこっちだよー」

莉奈ちゃんは両手でオレが持ってるピンクのマグカップを受け取る。

「お茶を飲んだら、お料理の続きをするけど、今度は火も油も使うから、莉奈ちゃんはキッチンに入ってきちゃだめだよ？」

「はい！　優哉お兄ちゃん、今日はね！　ハンバーグなんだよ！　莉奈もつくったの！」

優哉に莉奈ちゃんのお話し相手になってもらってるうちに、オレはスマホで常備菜や副菜のレシピを検索する。

きんぴらや切干大根なんかは定番だよな……。朝の食卓にちょっと出すだけでもいいし。

スワイプとタップを繰り返していると、それまで優哉と学校について話していた莉奈ちゃんがオレの腕を引いてスマホをのぞき込む。

「おかず～？」

「うん、作り置きしておいた方がいいものを調べてるんだよ」

「コーセーお兄ちゃん、お料理、じょうずね～」

そうなのかな？　まあ男子高校生が料理する時点で変わってるといえば変わっているか。

社会人で自炊する奴もいまの世の中は半々だもんなあ。

でもオカンが仕事でいなくて、このメンツでコンビニ弁当とか……底値３９８円×４とこの材料費を比較したら、作った方がいいだろ。

冷食とコンビニと外食ばかりなんて莉奈ちゃんにはさせたくねえし。

オカンも日勤の時はやるんだし。

再婚の顔合わせの時も、成績アレでも家のこと頑張るからと言った手前もある。手料理で、家の中の雰囲気が良くなるならそれでいいんじゃね？

オレはマグカップのコーヒーを飲みほして、キッチンに向かった。

9 部活動やってみます。チーズケーキ作ってみた。

ゴールデン・ウィーク間近になると、オレの学校ではセミナー合宿というのがある。一泊二日で箱根へ行く予定だ。

公立なのにホテル押さえて、一日お勉強合宿……。

行きと帰りに観光的なものもあるらしい。高校時代はボッチだったという記憶しか残ってなくて、学校の行事関連は記憶の彼方だ。新鮮な気持ちになるけどさー。

金曜日から土曜日にかけて宿泊っていうけれど……問題は莉奈ちゃんである。オレが見守らなくちゃ、誰がお世話するの！

莉奈ちゃんはしっかりしているけれど、小学一年生になったばかりだからね！　給食終わったらすぐに下校だから！

最近は曜日によってPTA役員の方がやっている『放課後遊び教室』……要は学童保育室を終了した高学年の子や、莉奈ちゃんみたいな学童待機児童を対象に、PTA有志ボランティアが放課後の学校で子供達を見守って遊ばせてくれるというものらしいんだけど、莉奈ちゃんはそれに参加してて、夕方に帰宅することもあるけどね！

そんなことをつらつらと考えてると、授業終了のチャイムが鳴った。

「えー、この今日やった活用の問題はー、今度のセミナー合宿の最終テストで出すので、よろしくなー」

古典の先生の声でノートから黒板に視線を向ける。やっべえ！　何だこの活用法!?　みっちり黒板に書いてある！　箱根合宿のことをぼんやり考えていたら古典の時間が終わってしまった！　ノートとらな!!　やべえ。

オレがガツガツとノートと黒板を交互に視線を走らせていると、数人がガタガタと立ち上がり、黒板に向かう。

いやあああ、待て、やめて、まだ消さないでえええ!!　心の中で絶叫するも黒板を取り囲んだ数人は、黒板消しを手にすることはなくて……。

手にしていたのは、スマホだった。

彼らはひたすら黒板をカメラで撮っている。

「よっしゃ、全部撮った」

「オレもー」

「あたしこれラ〇ンのアルバムにしてみた」

「おおお、端本《はしもと》、仕事速いな！　それクラスのグループラ〇ンで流してくれやー」

「おっけー」

……まじ？

高校生にスマホ持たせるとこうなるの⁉

何コレ……効率的すぎじゃね？


「オレ、これから部活～家帰ってからノート作ろー」

「ちょっとーセミナー合宿の服見に行きたいんだけどー由香《ゆか》ちゃん付き合って～」

「いいね～行く行く～はっしーも行く～？」

「行く～」


呆然としてるオレのスマホにもピコンと着信音。

これってさ……オレが以前生きてた世界の話だったら、必死こいてノートとってる場面じゃね？　風邪ひいて欠席してましたな生徒がいたら、板書をノートに写してコピーして手渡しじゃね？

オレの場合は当然気にも留められない状態だろうけどな！

なんなんだよ、板書を撮ってクラスのグループ連絡網で一斉送信って……。

なんという学習のペーパーレス化……。

「行き渡ったみたいだから板書消すよ～。今日掃除当番だから～」

……はい、黒板消していただいて結構です……ありがとうございました。

これがこの学校のスマホ持ち込み可の理由か……。

前々から思っていたけど、公立の進学校って校則緩めだよな。うん……。

優哉の学校よりは偏差値のランクは下がるが、オレが以前住んでた中学校から進路希望するには進学校としては名前があがる学校なんだよね、この学校……。

だから、ロッカーに預けて休み時間のみ使用なんていう縛りがない。授業中にスマホの電源はみんなだいたい落としているかマナーモードにしている。

そうだよな、みんな必死こいて受験してここにいるんだし……。そこんとこの記憶はオレ曖昧なんですけどね。ただ、土曜日に学校登校するって日が多いのも、逆再生前とは違っている感じがするんだよな。俺が周囲に言われていた「ゆとり世代」ではないってことになるのか？

ま、いいや。オレも家に帰ってノートを作ることにして、今日は部活に顔を出してみるか……ちょっと緊張するけど……。

ここ数日オカンが手作りおやつで莉奈ちゃんのハートをがっちりキャッチしている。というのも、オカンが莉奈ちゃんの心を摑むのは餌付けだと察したらしいのだ。莉奈ちゃんが「コーセーお兄ちゃんのお料理おいしい」と頻繁に口にすれば、主婦として母としてのプライドが刺激されたに違いない。

だがオレも譲らないぜ。「コーセーお兄ちゃんのおやつがやっぱりおいしいー!」とか言われたいじゃないですかー。

今日は作るぜ手作りスイーツ。スイーツ部に入って正解かもな。水島さんに感謝。

先週はアップルパイだったが、今週は何かなー。オレは特別教室棟の調理実習室のドアをノックして引き戸を開けると、部長の皆森先輩が顔を上げた。

「え、1年B組の、えーと、真崎君と水島さん?」

オレははっとして後ろを振り向くと、小柄な水島さんが立っていた! え? 何時からいたの!? 気がつかなかったよ!

オレが振り返ったので水島さんは顔を真っ赤にさせてる。

「真崎君が、いつ気がつくかなって思って、黙ってました」

まって、なにそのセリフ。

水島さんの呟いた言葉が、オレの頭の中で繰り返される。「いつ気がつくかなって思って、黙ってました」しかも最後は反響効果で。

一瞬あれ、オレこの子と付き合ってるんだっけ? 別世界線だから……とかまで考えちゃったぞ。

なんだよ、莉奈ちゃん以外の女子にキュンときちゃったじゃんよ、一瞬！

やべーやべー正気にもどれ、オレ。そして本来の目的を思い出せ。今日は「コーセーお兄ちゃんのお菓子がやっぱりおいしいー！」の笑顔と一言を得る為にここに来た。よし。

なんとか通常モードに戻ってオレは先輩に尋ねた。

「先輩、今日は何を作るんですか？　オレも参加していいですか？」

「いいよー二人ともおいでー、今日はベイクドチーズケーキ作りまーす。真崎君は、妹さんにあげるんだよね。乳製品のアレルギーある？」

「ないです」

イイ人だな。オレの入部の理由を覚えてくれているとは。

実は今日、エプロンとバンダナも用意したんだよ。

よく手を洗ってから先輩の指示に従って、作り始める。

「本当は、土台のクッキーから作りたいところですが、放課後のみの活動なので、市販のクラッカーを使用します。真崎君、これを砕いておいて」

オレは頷いて、言われるがまま市販のクラッカーをボウルに入れて砕く。

時短の為に削れる要素を削るんだな。いいね効率的。

もし莉奈ちゃんに好評だったら、家で作る時は土台作りから始めてみてもいいな。

「そこに無塩バターを投入。クラッカーに塩味がついてるからね、バターは無塩なの」

「レンチンしても大丈夫ですか？　このバター、先輩があらかじめ冷蔵庫から出しててくれてたんですよね？」

「うんレンジで溶かしてもOK。クラッカーにバターをしっかりなじませてね」

「うっす」

クラッカーにバターがなじんだ。で？

「うん。なじんだかな？　型に入れます。うちの調理実習室にあるのはこの18センチ型の丸いケーキホール。コレ、底が取れるのでいいのよ」

へーウチにあったかなー。でも、この型は百均仕様じゃねえな。製菓用の道具って百均で売ってるかな？　帰りに見てみよう。

「型に入れたらラップを敷いて、クラッカーを型の底に敷き詰めていくの。そうそう。まんべなくお願い。そんな感じかな。じゃあ、今度はアパレイユ作ろう」

「アパレイユ……？」

「チーズ生地のことだよー。まず、クリームチーズをボウルに入れます。これも、あらかじめ冷蔵庫から出していたけど、レンジで温かくして溶かしてもいいよ。30秒から1分ぐらいで柔らかくなるからね。そこに入れるのは、グラニュー糖と卵、生クリーム。ミキサーがあるならミキサーでもいいけど、今日はハンドミキサーを使います。で、真崎君はごめん、行き渡らないので、普通に泡だて器で混ぜてください」

おう、わかってます。これでも一応男子なんで、力業で混ぜてやる。

「助かるーダマにならないようにねー」

「了解です」

「薄力粉は少量なんだけど、でもきちんと振るいにかけて入れてみて……そうそうそんな感じ、そしてレモン汁を大匙で1杯半入れます。そしてひたすらダマにならないように混ぜます」

ふむ。

ベイクドチーズケーキって思ったより砂糖使うのな。

80gという数字的には少ない感があるけど、実際計測するとけっこうな量だよ。

ただ生クリームこってり盛ったショートケーキと違うから、これなら優哉でも食えそうじゃね？　真崎パパも食べるかなー？　あの人、酒は飲まなくて……いや飲むけど、350㎖の缶ビールでおしまいにする人なんだよね。アホのようにだらだらと飲む男を知ってるオレからしてみれば全然飲まないの範疇ですよ。

そして結構お菓子好きなのかも？　莉奈ちゃんとイチゴ〇ッキー食べてたりしているのを見たことあるし、なのになぜか太らない……謎だ。

元アラサーのオレ的には羨ましい……。オレがあの年で菓子なんか食ったらメタボ一直線なのは間違いない。

「真崎君やっぱり慣れてるねー音が違う」

オレの横で水島さんがハンドミキサーを使いながらオレのボウルをのぞき込む。

「そう……かな？」

「うん、すごい」

「で、混ぜ終わったらこれを型に流し入れます。パレットナイフで表面を均等にならしながら。ちょっと難しいかもしれないけれど、そうすると、焼きあがりが綺麗になるの。できたらオーブンに入れまーす。今回170℃で予熱してます。オーブンに入れて、40分から45分焼きます。オーブンによってはこれは違いがあるので、自宅のオーブンを使う時は、時間も温度も調整してもらうことになるかな」

ケーキをオーブンに入れたところで、先輩が黒板に今回の材料と分量を書き出した。

アパレイユ（チーズ生地）
・クリームチーズ　250g
・グラニュー糖　80g
・卵　2個
・生クリーム　200g
・レモン汁　大匙1杯半
・薄力粉　大匙3杯

土台（ボトム）

・クラッカー　　　　　　９０ｇ
・無塩バター　　　　　　４０ｇ

オレはスマホを取り出して黒板に書き出された材料をカメラに収めてみた。

部員はケーキが焼きあがるまで、使った調理器具を洗っておくみたいで、オレもひたすら洗いましたよ。

先輩たちはコーヒーや紅茶を各々淹れてティータイムです。

「真崎君、さっそく参加してくれてありがとね。うちの部は文化部でも弱小で目立たないからうれしいよ」

「そーそー、今時、自ら手料理ってないしー。うちらは好きでやってるからさー」

「三年が卒業したら同好会扱いに格下げだったからねー」

「文化祭が近づくと、需要があるからみんな思い出すぐらいだもん」

そんなもんなのか……なんか幽霊部員でいいかと思ってたけど、割と頻繁に顔を出した方がいいかな……いろんなお菓子作るみたいだし。

お菓子作り女子ってもっと女子っぽい人が多いかと思っていたけど、話を聞いていると、普通な感じの人が多い。

というよりやや、さばさば系？　というかむしろ職人系？

リクエスト提示したらそれ採用されて実習とかできるのかな。

「月末にセミナー合宿でしょー？」

「あ、はい」

「毎年、どこかの公立高校と宿が被るのよねー」

「へー」

「むしろそっちに注目してた！　あたし！」

「あたしもー！　イケメンいないかガン見してたわー」


あ、前言撤回、これ女子っぽいや。

距離をとろう。

オーブンの前に進み出て、中のケーキを見てるのがいい。

大丈夫と思ってたけど、こういうのはダメだな。遠くで見てる分にはいいけれど、この手の会話の周辺にいると、話の流れがこっちにむかってきそうで、やっぱ怖いわ。「そういえば真崎君は彼女いるのー？」から始まってくるアレですよ。

容赦ないっていうか、確実にオレのメンタルを傷つけてくる。本人たちは軽い弄りとか思っているだろうが弄りとイジメは一文字しか違わないことを理解してもらいたい。


「焼きたてより、一日冷蔵庫に入れてた方が、しっとり感が出ます」

いつのまにか横にいた水島さんがそう言った。

「へー」

「あと、ナイフを温めてからカットすると、ケーキの断面が綺麗になるの」

水島さんがスマホで検索して、「こんな感じに」と画像を見せてくれた。

「はー確かに……違いがある」

「ケーキだから。妹さんに作るなら見た目とかも考えてあげたらいいかもしれませんね」

「見た目か……」

「ケーキ屋さんなんかはデコレーション用の砂糖菓子とかもあるし、それを載せるだけでも違う感じになります。あとはプチシュー盛ったり」

「プチシューって？」

「小さいシュークリーム」

「へー」

「デコレーションを考えるのも楽しいですよ、他のケーキでも応用が効くから。ほら、こういう風に」

またまたスマホで画像を見せてくれる。

「なるほど……」

プチシューを盛ったチーズケーキの画像。う、確かにこれは女子受けしそう。

莉奈ちゃんはテンション上げて喜んでくれそうだぞ！

10 ＪＫと寄り道してみた！（だがなんとなく方向が違う？）

焼きあがったチーズケーキを持って下校した。

ちなみに水島さんも一緒です。最寄り駅が同じだし。この人可愛いから、またナンパされかねない。

最近の女子はいろいろ強くて、男子顔負けの荒い言葉を使う子もいるのに、水島さんは今時珍しい敬語ＪＫですよ。

だからかもしれないけれど、安心して会話できる気がする。

優哉も気に入ってたみたいだし。

優哉の代わりと言っちゃなんだけど。お前がこんな可愛いＪＫのボディーガードができるのかよ!?　というツッコミがあれば、ごめんなさいと言うしかない。かっこよく助けられないだろう。だが、肉壁ぐらいにはなれる。ここはオレに任せて先に行け（逃げろ）ぐらいにはなるはずだ。

「真崎君、スーパーに寄りますか？」

「寄る、寄ります」

学生服姿で駅前の食品スーパーでプチシューを買う。「すみませんちょっと寄りたいところがあるので」と、洋菓子コーナーから店舗真ん中の方へ水島さんが行くので付き添う。

水島さんが足を止めたのは製菓コーナーだった。

「チョコレートを溶かして上にかけるとより一層、豪華感が出ます……ただし……」

「言わなくていいです。わかります。ハイパーカロリーです。だけど絶対旨いだろ！」

「なので、参考までに」

「チョコ溶かすのか～」

「こういうのもあります」

水島さんが指で示したのはチョコペンというやつだった。

ほら、誕生日おめでとうとかチョコレートに書いてケーキに載せるあれですよ。

「うーん……これぐらいなら……いいか」

オレがチョコペンを手にすると、水島さんが、おずおずと話しかけてきた。

「あの……自分の食材も買いたいので、真崎君は先にお会計してきてください」

「え、カゴ持つよ？　ていうかもしかして水島さん自炊？」

「はい、事情があって、一人暮らしです」

「マジか！　大変じゃん」

「料理は好きですから」

「えーでも家事やってるんだろ？　料理だけじゃなくて」

掃除洗濯も、オレはそこんとこはまだやってない。ただし、莉奈ちゃんがいるので前回の時よりも汚部屋にはしてないつもりだ。

莉奈ちゃんったら無邪気に「コーセーお兄ちゃんと遊ぶ〜遊んで〜」ってオレの部屋にやってくるので多少は片付けている。逆再生前よりも断然見られるお部屋にしてますよ。だって「コーセーお兄ちゃんのお部屋なんかごちゃごちゃしてる」とか言われたくない。

「でも、真崎君もお料理してるじゃないですか、家族のお弁当作ったり……」

水島さんにそう言われてはっとした。

「やべ冷食！　弁当用！　オレも買わないと！　水島さん、ちょっと待って」

「はい」

今日はオカンも日勤だから、すでに帰宅してるかも？　オレは買い忘れた食材がないか連絡すると、案の定お弁当系冷食を忘れていたようだ。

むむ、やはりバイトしたいな、買い物するとお小遣いがなくなる……。

オカンに申告すると戻ってくるけど。料理器具とかも百円ショップでちょろちょろ揃えると、結構な金額になるんだよね。

水島さんは慣れた感じで店舗内にあるカゴをとって食材を物色し始める。

「カゴをわけましょう」

「カート持ってくる？」

「いえいえ、そこまでは、ちょっとですし」

「えー今日は何にするの？」

「炊きこみごはんと……カツオのたたきが切り落としで安価なのがあるのでそれを。それぐらいですか……炊き込みご飯はお弁当用に使うので少し多め」

「炊き込みご飯はタケノコ？」

「はい」

あーなんかオレも食べたくなってきた。今度作ろう。

「一人暮らしですからこういうパックを使いますけど、食材をちゃんと加工して作ってみたいです。でもタケノコ……下処理に手間がかかるんですよね……」

「そうなの？」

「糠を入れて煮込んで放置っていう感じではあるんですけど、量が多すぎて」

一人暮らしをしていた記憶もあるから、自炊の量の問題！　そういった感じわかる！　だからコンビニとかお惣菜の出来合いを買っちゃうんだよな～。社会人だと外食で済ますし、ほんとオレとオカンが真崎家に来る前の生活、パパンと優哉の生活まんまだったし。

「水煮でも量が多いし」

「わかる……タケノコって旬の野菜だけど、炊き込みご飯以外だとどんなのにするの？」

「お味噌汁にも入れたり、ちょっと煮てみたりします。あと中華ならチンジャオロースとか？」

「煮物！　水島さん女子力すげえ！　和食煮物！　男の胃袋がっちりキャッチだね！　チンジャオロースも捨てがたい！　市販のソースで大丈夫だよね!?」

「はい」

「細切りの水煮だとなんか保存液がとり切れないというか」

「細切り、使いますよ。便利ですから。安価ですし。保存液が取れない感じはよく洗って水にさらしておくとあのえぐみがとれます」

「マジ!?」

オレがテンション高めに尋ね返すと、水島さんは噴き出す。

料理するようになってから、レシピサイトをスマホでよく検索するようになった。

そこでいろいろ料理を試している。その話を振ると水島さんも同様でいろいろレシピを検索しているようだ。

「はい、わたしも参考にしていますが……」

「問題は量だな」

「その通りです」

うちみたいな大家族……五人は大家族？　今のご時世じゃ多い方だよな。大家族ならあっという間になんとかなる。主に優哉が、あいつバスケ部だから、結構食うし。好き嫌いないから助かるけど。

「水島さんレパートリー広そう、今度レシピ聞いていい？」

「はい、わたしでよければ」

お互い目的の商品を購入したのはいいけど……水島さん……アナタ、サッカー台で商品詰める時、リュックのサイドポケットからおもむろにエコバッグ取り出しましたね。

見た目美少女で声もよくて料理も自炊で、エコバッグ持ちですか……。

この人、女子力というより主婦力が高いんじゃね？

ていうかエコバッグ、オレも欲しい！　いろいろ便利そう！　オレもリュックのサイドポケットに仕込んでおきたい！

お前、逆再生して何で主婦力上げてんだと言われるかもしれないが、この逆再生は概ね今のところ順調だから、主婦と言われようが構わない。

だって嬉しいじゃん。

以前なら会話もなかったけれど、ちゃんと家族できてると思うし、作った料理を美味しいって言ってくれるなら、褒めてくれるなら、嬉しいじゃないか。

スーパーを出て料理の話をしながら水島さんを送ることになった。

驚いたことに同じ町内だった。

莉奈ちゃんの通う小学校の近くのマンションにお住まいでした。めっちゃ近所じゃん。

前回、駅ビルで買い物した時は、水島さんは立ち寄るところがあるって言って、駅ビル出たところで別れたから知らなかったけれど……。

あの時もきっと食材を買いにスーパーに立ち寄ったんじゃないかと尋ねると、水島さんは照れたように笑って「そうです」と言った。

まあ、何事もなく無事に送り届けられてなにより……。

さて。

莉奈ちゃん！　お兄ちゃん帰るよ！　チーズケーキもあるよ！


その日の夜。

チーズケーキで莉奈ちゃんの歓心を買うことに成功した。

「コーセーお兄ちゃん、すごーい！　おみせやさんのケーキみたい！」

「幸星……アンタ……前から料理はちょろちょろしてると思ったけど、なんかすごいの作ってきたわね」

スイーツ部で作った例のチーズケーキを夕食後のデザートに出してみた。

水島さんの言うようにプチシューで盛ってみたら、やっぱり横で見てた莉奈ちゃんの目がキラキラしてんの。可愛いーなー。

真崎ファミリー勢ぞろいでオレ作チーズケーキにフォークを突き立てる。

オカンは珍しく日勤だったから夕飯はオカンにお任せでした。

「美味い……」

「悔しい……息子が……ここまでのモノを作ってくるなんて……」

「おいしーのー！」

「うっま、何コレ」

うむ、みなさんから美味しいの言葉いただきましたと思っていいのかな。

「ところで幸星、お前、セミナー合宿どこ？」

優哉が、チーズケーキをもう一切れ自分の皿に確保しながらオレに尋ねる。

「箱根」

「俺と同じじゃん」

「幸星、アンタ優哉君と同じじよ、セミナー合宿のホテル」

「え、そうなの!?」

……どうだった、15年前は。セミナー合宿のホテルに入ってたのは確か別の学校だった気がするぞ。

「がっしゅくって、なに？」

「学校のみんなでお泊りしてお勉強です」

「えー。いーなー莉奈もがっしゅく行きたいー」

うん。絶対その発言あると思ったよ。

「莉奈はパパと咲子ママとで合宿行こうか」

「ほんと!?」

「ネズミーランドだぞー」

「行くー」

さすが真崎さん。考えてくれたんだね。

オレ等の合宿が同日だと莉奈ちゃん一人だからな。

「私服必要？　アンタたち、下着とか私服とか用意してんの？」

「私服いるのか？　ジャージと制服のみじゃねえの？　一泊だし」

「バスタオルとか必須？　あ、でも歯ブラシとかは買いなさいよ」

「や、そういうのは多分向こうにあるかと……」

「とにかく、新調してらっしゃい、はい」

オカンがオレと優哉に封筒を渡す。うわーお、どうすんの、こんなに渡して。一人につき一万円ってどうなのさ。確かに再婚するまでは結構節約生活だったような気がするんだけどなあ。

「絶対レシートとおつりこの中に入れて返してね」

あ、はい。使い込んだら一発でバレるってやつですね。

うちの経済状況イマイチわかんないんだよね。

なんか15年前とは違うのか？　どうなの？　前はこんな家族で夕食後に手作りスイーツを食すなんて場面、絶対になかった。まず会話自体ないから情報が不明瞭。

子供の頃のオレが……そう、莉奈ちゃんぐらいのオレが望んでいた家族団らんの風景だよな。

これ、オレが15年前と同じように家族に歩み寄らなかったらどーなってたかね……。

「明日、駅ビルで買い物しねえ？」

優哉にそう誘われた。

あー助かるかも。オレ私服のセンス全然ないし。

「オニイチャンのセンスに丸投げしていいですか?」

俺が自作のチーズケーキをつついていると、優哉はニヤリと笑う。

うわー、お前の今の顔、正面から撮っていろいろ拡散していいですかね? クラスラ◯ンに流したらバズるな確実に、特に女子から。


「いいぜ、オニイチャンが可愛いの選んでやる」

「やっぱいいです。ジャージと制服しか着ないんで」

「いや、幸星君のそのルームウェアはどうかと思う」

パパンからダメ出しが出た。

「え?」

「中学校の時のジャージをルームウェアという感覚はいかがなものか」

え、だってまだコレ着られるよ。

動きやすさ一択なんですが……外に出ないし。

「幸星、俺からもお願い。それヤメテ、なんか学校にいる気分になる」

おうふ……。そうかよ。

「そーなのよー、あんまり外に出ない子だからー。わたしもスーパーの衣料品フロアで下着とか適当に買うけど、この子文句言わずに着てるし」

いや、文句は言ったことがある、確か中学の時、下着はトランクスにしてくれと。

ブリーフだと弄られそうで怖かったし。体育の着替えの時とかね。

でもそれはもう過去のこと。


「学生は学生服があればいいんじゃね？」


オレがそう言うとパパンと優哉の目からハイライト消えてます？

「優哉。ウチの料理男子の見た目をなんとかしろ。モテないじゃないか」

パパンはおもむろにチーズケーキにカツっとフォークを突き立てて優哉にそう言う。

「それな。見た目で損とか……絶対させねえ。というか、コイツ、スペックはいいよ。なんとか手入れしてやる。莉奈」

「はーい」

「幸星お兄ちゃんはカッコいい方がいいよな」

「コーセーお兄ちゃんはカッコいいよ、莉奈大好き」

莉奈ちゃん！　オレも莉奈ちゃん大好き！

「お友達家に呼んだら、幸星お兄ちゃんが中学のジャージだとヤだよな？」

「莉奈はいいよ」

莉奈ちゃん！　どこまでもオレの味方！

「友達に、莉奈ちゃんのお兄ちゃんは高校生なのに、なんで中学のジャージ？　とか言われたらヤダよな？」

「ヤダ」

莉奈ちゃん……めっちゃ即答ですか……。

そしてこんな会話を耳にしながら、今頃水島さんは一人でご飯を食べてるのだろうかと、オレはふと考えてしまった。

11 セミナー合宿IN箱根

箱根か～。

元アラサーの俺は過去に一度、足を運んだことがありますよ。もちろんぶらり一人旅でしたけどね！　都内から近い観光地だからという理由より、そう。第○新東京市……聖地巡礼的なね。

登山鉄道、ロープウェイ、芦ノ湖。いいよねー。でも今回はゆったり観光じゃないんですよ、観光っぽいスケジュールも組まれてるけど。メインは合宿。

でも観光で来たい場所ですよねー。芦ノ湖に浮かぶ海賊船見たら莉奈ちゃんテンション上げてくれるかな？

正直に言うと、莉奈ちゃんとネズミーに行きたかった。お願い、オカン、可愛い莉奈ちゃんの写真を撮ってオレに送ってください。ちゃんと勉強するから。

プリントこなせばいいんだよね？　やるよ、やりますよ黙々とね。と思ってたんだけど違いました。

確かにプリントや授業的なカリキュラムを90分×3でやるけど、それだけじゃなかったよ。なんでディスカッションタイムとかあるわけ？　いや主題テーマは勉強にどれだけ時間をかけるかだったけど。なんでこんなディスカッションとかあるわけ？

学校側としてはこの機会に家庭学習の習慣を身に着け大学受験に備えようと生徒に自覚させて、かつ、クラス内でのコミュニケーションを持たせるのが目的らしい。いやわかるけど。なるべく大人しくしてよう。勉強頑張ります、はいディスカッション終了。これでよくね？　とか思ってたのに……。

「つまんねーな。喋れよ、ザッキー」

キクタン……お前が言うな、ていうかお前が喋れ。

陰キャボッチコミュ障の三連コンボ歴が長いオレに振るな。

「真崎、寝るなよ」

「いや、ザッキーの気持ち、オレわかる。眠い」

「つーかキクタン、お前は自由すぎだろ。よくここに入れたよな、一応わりと進学校だぞ、この学校」

「それはトミーのおかげです！　うちのかーちゃん、トミーに足向けて寝るなって言ってる」

委員長とキクタンは中学が同じ。自由奔放なキクタンと、わりとしっかり者の委員長。性格が違うのに長い付き合いっぽい。

「なのに部活をガツガツしてるのはなぜなの？　この学校」

キクタンはサッカー部だからな。練習もハードそうだ。

「文武両道がモットーだからじゃね？」

そんな会話をしつつも、委員長は部活の時間と自主学習の時間の比較についてという口火を切りながら巧みにディスカッション的な話題に誘導していく。しっかりしてるなー。

そんなこんなでカリキュラムを終えると、みんな食堂に入っていく。

他校の生徒も一緒の夕食だ。

そう、他校……優哉のいる学校だ。

「成峰の子達、みんな頭よさそー」

「そうだねー」

「でも偏差値が無駄に高いと、なかなかイケメンはいないか～」

そんな会話を繰り広げている女子のグループがピタリと話を止めた。スクールカースト頂点にいる女子グループが注目すれば、他の層も何事かとその視線の先を追う。

オレもその視線の先に誰がいるのか見てみたが……。

ああそうですよね、注目されないはずがないですよね。視線の先には優哉がいる。

頭も良ければ顔もいい。多分あいつは運動神経もいい。

キクタンと委員長の影にこっそり隠れて、椅子に座ろうとしたら……背後からガシっと肩を摑まれた。

「なーに隠れてんだよ、幸星」

振り向きたくないが、声でわかる。イケメンめ！

お・ま・え、話しかけるなー！

お前に、この場で声なんかかけられちゃったりしたらどうなると思う⁉　話もしたことない女子から「真崎君、セミナー合宿の時、話しかけられたじゃない？　成峰の男子に。友達？」から始まって紹介しろとかラ○ン教えろとか諸々くるだろー⁉

生まれてこのかた地味にボッチにコミュ障に生きてきたこのオレが、ＪＫ相手にのらりくらりとかわす術を持ってると思ってんのかあああああ⁉

言語は通じるが、会話が成立しない最たる人種だぞ⁉

オレ別世界線に来たみたいだけど、女子なんてたぶんもっと別の世界線で生きてるんだよ⁉

じゃーいいじゃん、どうせ会話が成立しないなら、俺が話しかけても問題ないだろとかシレっと言うんだよな。お前はそういう男だよ。

ここで知らない人です、人違いですとか言ったら、優哉は……どう思うかな。

そういう方法もあるけど、もしもだよ？　もしも今の俺がそれを優哉にやられたら多分傷つくよな……。

知らんふりはできないか……。

「お前、いま他人のフリしようか一瞬悩んだだろ？」

お前はエスパーかよ!? 人の心読むなよ!


「明日はどこ見学?」

「大涌谷、優哉は?」

「彫刻の森美術館」


いいなーオレもそっち行きたい。今、何展やってるかわからんけど。

美術館って割と好き。オレは二次元ヲタだから、刺さるものがあるんだよな。

いやいや大涌谷の黒たまごも捨てがたいけどね。

しかし美術館は個人的に行きたい場所だよな、学校行事で行く場所としては楽しめないというか……。今度莉奈ちゃん連れて動物園に行ったついでに国立西洋美術館とか行ってみるのもいいかも。今のオレなら学割が効くしね。


「お土産どうする? お菓子でいいのか?」

「大涌谷の方が売店多そうだよなー。黒たまご買っても大丈夫かな……」

「黒たまご? 何それ」

ガイドマップなんて、合宿だから目を通さないか。

ましてや美術館見学なら。

「温泉で作られたゆでたまご。殻が黒い。延命長寿、一個食えば7年寿命が延びるとか。そして通常よりうま味20％増しという……」

「何それ、食いたい買ってきて」

即答ですか。食べ盛りですからね、そうでしょうね。

「優哉は小さめのお菓子をいくつかチョイスしてもらっていいか？」

お菓子が無難かな。

可愛いちっちゃい置物土産とかなら美術館の方があるかなって思うんだよ……。

もちろん莉奈ちゃん用ですよ。

莉奈ちゃんのお部屋、引っ越してきたばかりでファブリックは可愛いの選んでもらってるけど、そういうお部屋の装飾が少ないんだよな。女子なら好きなんじゃないかな、可愛い小物。オカンが手作りぬいぐるみキットを買ってきて、ぬいぐるみは順調に増えてるようだけどさ。

「ＯＫ」

「ん～でもな～」

「何？」

「やっぱ莉奈ちゃんのお土産、なんか可愛い小物を買ってあげて。小さくて可愛いの」

「お前、ほんと莉奈大好きだな？」

「悪いか」

オレ……クソ親父にプチ虐待的なことをされてたから、小さい子が怖かったんだ。

もし、アラサーのまま時間が過ぎて、万が一の奇跡で結婚して（多分無理だろうけど）子供なんかできたら、あのクソ親父みたいに子供に接するんじゃないかなって。

逆再生して莉奈ちゃんに会った時、そんな不安はどこかへ行ったんだよな。

笑顔がいいんだよ。莉奈ちゃん。赤ちゃんみたいに無邪気で可愛い笑顔なんだよ。

「悪くないよ、俺よりもいい兄貴だよ、幸星」

「は？」

「じゃあな」

何だ今の言葉は。

あいつ自身も小さい子ダメなのかなー。

莉奈ちゃんの髪ゴムを買いに行った時もさっさとショップから離脱していたし。

「今のイケメン、ザッキーの知り合い？」

キクタンが尋ねてくる。

「兄貴」

「えー双子ー？　似てないじゃん……って……ああ、そっかそういうことね」

キクタンは言葉を途中で止める。

部活の時に話したオレの家庭事情を覚えていたのかすぐに納得したみたいだ。

「じゃ、真崎が面倒見てる妹が、さっきの人の実妹なわけだ」

委員長もそう言う。

「仲がいいよな、真崎兄と真崎」

そうかな……。まあ15年前だったら会話とかもなかった状態だったし、それと比較すると違うよな。

優哉も餌付けか？　餌付けで懐いたのか？

「委員長は兄弟いるの？」

「弟がいる」

「キクタンは？」

「オレは姉貴……恐ろしいぞ、姉貴のあの気の強さは異常。なぜかオレは姉貴のパシリをさせられ、断ろうものなら、殺気の籠った目で睨まれる」

……優しくて素敵でキレイなお姉さんは二次元にしかいない。わかります。

そんな兄弟談義から始まって、雑談しながら食事を終えた。


問題は食堂を出る時のことだ。

一部の女子に囲まれた。案の定、優哉のことが気になる女子からのお問い合わせというやつだ。

めんどくせえな。

食堂から出ていく成峰の学生の中から優哉のことを見つけて、オレがでかい声で優哉に声をかけると優哉はオレのところまで来てくれた。

「訊きたいことは、本人に訊いてくれ」

優哉を女子グループの前に突き出す。優哉は恨みがましい目でオレを見るが、それぐらいなんとかなるだろ、お前はオレよりコミュ力高いんだから。

オレは委員長とキクタンと一緒に部屋に戻ろうとした。

女子グループから離れてほっとしたところで、草野さんが水島さんを伴ってオレに話しかける。

「真崎君、さっきのイケメンと知り合いー？」

草野さんの言葉から察するに、水島さんからは何も聞いていないようだ。

水島さんは他人の家庭の事情をペラペラと話す人じゃないのはなんとなくわかる。それどころか、オレに話しかける草野さんを止めようとオロオロしている。

ていうか草野さん、アナタ、漫画好きみたいだけど三次元もＯＫなの？　範囲広いな。

「訊きたいことがあるなら、さっき、うちの学校の女子グループに優哉を突き出したから、今行けばお話できると思うけど？」

「ううん、あたしは本人に興味はなくて、ただちょっと」

「？」

「さっきの真崎君とイケメン見てたら勝手に妄想しちゃって昂まっちゃって」

嫌な予感しかしない。

「どっちが攻めでどっちが受けがいいか真崎君の意見を訊こうと思って」

「……」

草野さん……あんた……。

三次元でもOKで腐なの？

なんでBL妄想をオレに申告するの⁉

訊くなよ、ていうかその妄想ヤメロ腐女子！

攻めも受けもリバもねーから！

12 俺の義弟は主婦だった。(優哉視点)

親父から再婚すると言われたのは受験が終わった時だった。

祖父母に預けていた莉奈が戻ってきた時もその頃。

この春から家族が増え始めると思うと、憂鬱だった。……俺と親父の二人だけの生活サイクルが確立していたのに、妹が戻ってきてオマケに新しい母親はシングルマザーで俺と同い年の息子持ち。

莉奈だけでなく、弟までできるとか。いままで通り自由気ままというわけにはいかない。

ちなみに莉奈はそんな俺の雰囲気を感じ取っているのか、すごく大人しい子だ。大人しすぎて会話が少ない。

新しい義弟も大人しいといいんだけど……。

親父が言うには「内弁慶で大人しいらしいよ、文英高校に合格したんだって」とのこと。

文英に入れるならバカではないようだ。

幾分マシかもしれない。

ヤンキー崩れだったら対応のしようもないところだ。

親父の再婚相手の咲子さんは、からっとした性格で、莉奈を見て「可愛いー！」を連発していたが、それを上回るのは、義理の弟となる幸星だった。

お子様ランチに手をつけない莉奈に、サラダやオードブルを取り分けるし、取り分ける時も親父に莉奈にアレルギーあるか質問してるし。大人しいとは聞いていたし、雰囲気は落ち着いてる。その甲斐甲斐しく世話している様子は確かに微笑ましいけど聞いた印象と違っていた。

その顔合わせから翌日、俺の家族と幸星の家族も一緒に住むので、俺達が住んでいた住まいから、同じ町内のマンションに引っ越した。

親父と咲子さんは三日ほど有給をとって、両家の引っ越しを完了させた。

驚いたのは、引っ越し中、幸星が、

「役所に転居届は？　ガス水道ライフラインに連絡は？　郵便局にも」

とか言い出して、コイツ引っ越しを自分でしたことあるのかっていうぐらいに親父に質問していたこと。15歳の質問じゃないだろ。

ライフラインといえば、家族になるならスマホは家族割を考えた方がいいじゃないかと親父が言うとうんうんと頷き、

「莉奈ちゃんのスマホデビューには早いけど、キッズ携帯は持たせないとダメです。いま物騒な世の中ですよ真崎さん！」

とか言っちゃうし。

お前、そこは自分のスマホの機種選びに狂喜乱舞するところでは？　とか思った。

幸星と咲子さんは莉奈の両サイドに陣取って、

「莉奈ちゃんの携帯、ピンクとかいいと思う〜」

「いやいやオカン最近の女子は意外と薄いブルーとか好きだよ！」

とか張り合ってるし。

莉奈はご機嫌でニコニコしてた。

莉奈は大人しい子だけど構ってもらえるのが嬉しいらしい。

買い出しといえば、新居に引っ越しということで自分の部屋の家具を買い足すことになったのに、そこを気にしないのだろうか。

母子家庭で多分それまで住んでいた部屋のスペース的に、勉強机も本棚もなかったようで、初めて手にした自分のパーソナルスペースに歓喜するところでは？　なんでライフラインを一番最初に気にするのか!?　生活するうえで最重要だけどさ。

じゃあパーソナルスペースについて考えようという段階になると、自分そっちのけで莉奈の部屋のファブリックを咲子さんとあーでもないこーでもないとか言い合ってるし。

「優哉君、幸星を確保して自分の部屋の家具を選ぶように促してちょうだい！」

最後には咲子さんにそう言われる始末だ。そして幸星は自分の家具選びはとても適当だった。サイズ合えばいいんじゃね？　ぐらいで機能性とか全然考えていない様子で、俺は色違いで俺の家具と同じのを選んでやると「センスいいねー」と感心していた。

引っ越し初日の夜はお約束の蕎麦だった。

そこで幸星が言い出したのは、

「優哉がいるんだから、蕎麦だけで足りるわけないだろ、優哉は中学の時から運動部にいるんだよ！　成長期の運動部の食欲はオレと違うんだよ！　オカン天ぷら、天ぷら作る！」

神かよ、この義弟。

引っ越しの騒ぎだから、スーパーの出来合いか外食になるかと思っていたのに。

「オカンかき揚げ作ってね、大葉とかも揚げた方がいいよな色どり的に……ていうか、そろそろ終わる春野菜の天ぷら……やっておきたかった」

その言葉に親父が反応した。

「春野菜の天ぷら！　食材買ってくるから！　タラの芽と、ふきのとうと、ウド？　こごみ？」

親父がキッチンに向かってかなり食い気味に言葉をかける。莉奈がお手伝いしたそうにキッチンの前をいったりきたりしてる。揚げ物だから莉奈は危険だ。

「莉奈、こっちおいで」

俺がそう呼ぶと、莉奈はしぶしぶこっちにきた。

隣に座った莉奈に、俺はスマホを見せる。

「幸星お兄ちゃんと咲子ママが美味しいの作ってくれるみたいだから、莉奈は大人しく待とうな。油とか火とか使うからな」

「莉奈もおてつだいしたいの」

「お片付けの時が俺と莉奈の出番だからな」

莉奈はうんと頷いていた。

「莉奈ーパパと一緒にお買い物行こう！」

「いく！」

莉奈はぴょんとソファから立ち上がって親父と一緒に買い出しに行った。

母子家庭の家族って男でも料理するものなのか？

いや単純に……幸星は料理するのが好きなんだろう。

でも限度があるんじゃないか？　そう思ったのが入学式翌日の朝の食卓だった。

新しいダイニングテーブルに人数分の朝食が用意されてる！

親父も俺も驚いたね。

咲子さんは夜勤だから帰宅はあと2時間後ぐらいだ。こんなことできるのは幸星しかいない。

そしてあろうことか幸星は俺と親父と自分の弁当を作っていた。朝から炊き立てゴハンにお味噌汁とか、同年代の女子でもこれはできるか怪しいだろ。

前世料理人とかじゃなく、背中のどこかにチャックがついてないか？　そんでチャックあけると中身はおばちゃんじゃないのか？

おまけに莉奈の髪までセットしてるし。

親父は感動してたし、俺もありがたいけど。器用なやつだ。

器用といえば、その日の帰り、幸星は駅ビルで、ちゃっかり女子と一緒だった。なんでもナンパされてた女子に話を合わせて切り抜けようとしていたらしいが……。

幸星のクラスメイトだというその女子は、確かに小さくて可愛い子だから、ナンパもくるだろう。荒事に無縁とか言う幸星は、多分、殴られる覚悟でこの女子の話に合わせて相手してたんだろうな。

親父や俺に話しかける時、ワンテンポ躊躇うし。咲子さんから、

「前の旦那に虐待されてて……まだ小さかったけど記憶にあるみたいで、それがトラウマなんだと思うのよ。会話が苦手なところもあったんだけど、あたしの再婚で頑張って気を使ってくれてるのかも」

それが咲子さんと前夫の離婚理由らしい。言い争いも喧嘩も苦手そうなのに、ナンパされかけていた女子を助けるとか……。

「さすがイケメンパワーは違うね、さっさと逃げてってくれました。助かったー」

なんて飄々として言ってるけど、内心はやっぱり怖かったんだろう。

見た目はちょっと童顔で、中身はおばちゃんとか思ってたのに、なかなか男気もあるじゃないか。

幸星が助けたクラスメイトの女子は見た目も可愛いが中身もきちんとしている。自慢じゃないけど、同い年の女子って、俺を見るとけっこう寄ってくる。

周囲も「そりゃ、お前がイケメンだから」と一蹴するけど。でも、自己紹介をしてくれた水島さんは、そんな雰囲気はなく、幸星に感謝してる様子が見て取れた。それだけで好感度高い。

これは幸星、さっそく高校生活に彼女ができるチャンスなのでは？　とか俺は思ったのに幸星は莉奈の髪ゴムを買うとか妹ラブっぷりを発揮させてるし、お前ここは水島さんと話して距離縮めるところじゃないのか？

それでもってまたおかしいのは妹の莉奈には激ラブだけど、ほかの小学生女児は怖いとかショップの前で固まってるし。強引に引っ張って目的の髪ゴムのケースを見せたら秒でその怯えが消えて、めちゃくちゃ選んでる。ほんとおかしいだろ、お前。

でもいい奴なので水島さんには今後とも、うちの義弟をよろしくお願いしたい。

この件をクラスの連中に話したら、

「そっと見守れ、お前がちょっかい出すな」

「下手したらその女子が義弟じゃなくてお前に惚れてしまうだろ」

「そうなったら弁当まで作ってくれる義弟から嫌われてお前の兵站《へいたん》そこで断たれるぞ」

とか口々に言われた……理不尽な。


幸星はほどなくしてスイーツ部、要はお料理クラブに入部したようだ。適材適所、こいつの料理スキルは普通じゃないのにさらにパワーアップさせる気か。本人は、

「幽霊部員でもいいって言ってたし、作ったお菓子をお持ち帰りだし、部費も材料費のみでリー

ズナブルだから」

と言う。

入部を決めた当日、そのクラブからリンゴをもらってきた。一個だけ。見学に行ったらアップルパイを振る舞われたとか。

一個だけのリンゴはその日の夕食のサラダに入ってた。ポテトサラダにリンゴが入ってるのは初めて食べたが、触感がシャリっとしててポテトとリンゴの味がマッチしている。よくこんなの考えるな、新触感だ。

メインはハンバーグで、玉ねぎだけじゃなくてピーマンとニンジンも入ってた。これも美味かった。莉奈もお手伝いしてて、プチバーグなるものを作ったと親父に自慢していた。お弁当にも入れてくれるらしい。


「莉奈ちゃん、オカンと莉奈ちゃん用にもハンバーグ作ったんだよ。市販のマフィン買ってきてもらうように連絡するね。明日、オカンとハンバーガー屋さんに行った気分で食べてね」


莉奈は目をキラキラさせて何度も頷いていた。

正直、年が離れすぎてる妹とどう接していいかわからなかったが、幸星は実に莉奈の気持ちを摑んでいる。

世間では「男を落とすのは胃袋で」と言われているが、子供にも有効なんだなと思った。

もちろん、俺も親父も幸星と咲子さんの飯には全面降伏だ。

クラスの連中の言うように、幸星の怒りを買って兵站を断たれたら生きていけないかもしれない。

夕飯の後。幸星が学力測定で引っかかった問題があるというので、一緒に勉強をしていると、莉奈もやってきて横で算数のドリルを広げ始めた。俺と親父と暮らし始めた頃に比べて、莉奈は俺にも懐いてくれているようだった。


そしてスイーツ部に入った幸星は、チーズケーキを作って持ち帰ってきた。

小さいシュークリームをデコレーションしてチョコペンでアイシングしているそれは女子受け間違いない代物だった。

いや毎日幸星の料理を食しているが、これはちょっと見た目が普通の域超えてるぞ。莉奈のテンションはMAXで、

「おみせやさんのケーキみたーい！」

と声をあげていた。まさしくそんな感じ。絶対想像もつかなかった。こんなの夕食後のデザートに出るとか！

「水島さんに教えてもらったんだ」

あの駅ビルで会った小柄な女子と幸星は同じクラブに入ったのか。

色白で可愛くて、ちゃんと敬語で話をする女子は貴重だぞ。

てか文英は都内でも生徒数最大だからな。いろんなキャラクターがいるだろうが、水島さんは幸星にいいと思う。

ちなみに俺の学校の女子は、やっぱり進学校に入るだけあって、チャラチャラしたのは少数派だが、その他はやっぱり仲良さ気な感じはするものの、水面下でバトルしてるんだろう。少し怖い。幸星にはお勧めできない。

そんなことを考えていると、咲子さんから箱根合宿に行くなら服とか必要でしょと言われ俺と幸星に買い物するようキャッシュを渡してくれた。

ルームウェアが中学時代のジャージっていうのが、俺も問題があるとは思っていた。本人はそれが動きやすいからいいんだと言うけど学校にいる気分になる。

親父も幸星の服に関しては前から思っていたようだ。

「優哉。ウチの料理男子の見た目をなんとかしろ。モテないじゃないか」

と俺に言ってくる。

まったくだ。人のことをイケメン連呼する義弟は自分の見た目をイマイチわかっていないようである。イケメンといってもタイプがあるように、こいつもカテゴリで分ければ砂糖顔の可愛い系なのだ。

「おうち帰ってきたら一歩も外に出ないからいいんだ～今のところは」

とか言うけど、水島さんとプライベートで会う時とか想像しないのか。部活が終わって一緒に帰ってきた時、家が近所だったと話していたじゃないか。

「デートする時はどーするんだ」

そう突っ込んだら。

「優哉、誰もがお前みたいにモテるわけじゃないんだ。分相応という言葉があるじゃないか、オレは自分をわかってますよー」

わかってねえよ。

自分そっちのけで幸星の服を選んでやった。幸星が莉奈の髪ゴムや部屋のファブリックを選ぶ気持ちがわかった。これはこれで楽しいと、俺は気が付いた。

静かで自由気ままな生活ではなくなってしまったが……にぎやかで明るくて、飯の旨いこの生活はいいのかもしれないと、幸星の服を選んでやりながら漠然と思った。

◆13

今日の夕飯は餃子が食べたいとリクエストされた。

ゴールデン・ウィーク中、優哉は連日部活で学校に行く。

ご苦労様です。お休みはまったりしたいオレとしてはマジで運動部パスしてよかったな。

「幸星、今日の夕飯、餃子が食べたい」

お、リクエストですか優哉さん。

「わかった、餃子だな。今日はオカンも日勤で夕方に帰ってくるから大量に作る餃子はいいかもしれないな」

オレがそう言うと、優哉は嬉しそうに家を出て行った。

優哉は天から二物も三物も与えられていて、俺とは別の世界の住民だなと15年前は思っていた。当時は会話もなかったけど、この逆再生をしている今現在、ちゃんと家族兄弟していると思う。

「真崎さん、今日の夕飯は餃子がメインですけど、何か食べたいもののリクエストはありますか?」

「幸星君にお任せします。……あの、食べ物じゃないけど……リクエストがあって……」

莉奈ちゃんがソファに座ってるパパンの膝の上に登ろうとしている。微笑ましい。

「あ、はい、なんですか?」

「その、幸星君も真崎さんになっているので、そろそろ僕の呼び方を少し考えてほしいなと……ねー？　莉奈もそう思うよねー」

心の中ではパパンと呼ばせてもらってますが、でもそれを口に出したら、フレンドリーすぎるだろ！　逆再生する15年前は会話もなかったし、真崎さんのことは真崎さんだったし。え、どうしよう、何て呼べばいいんだろ。

「……ソウデスヨネ」

どうすればいいの？『パパン』て呼ぶの？　いやーそれはないだろ。お父さんって呼ぶの？　記憶は薄くなってきてるけど、『お父さん』とか『父さん』だとどうしてもあのクソ親父を連想しちゃうよなー。

「えーと……」

優哉みたいに『親父』……なんか違う。優哉がオカンのことを『オカン』なんて呼ばないように、オレも真崎さんを『親父』とか呼ばないよ。

「うーん……」

かと言って、『オトン』……これはないわー、だってこの人イケメンというかイケオジだよ？　真崎さんに優哉と莉奈ちゃんが並んでみると、どこの芸能人ですか的な印象なんですって、そこに『オトン』とか、この語感は合わねえだろ。

ダメだどれもダメだ。お手上げ。

「あの、真崎さんはどう呼ばれたいですか？」

ここは直接本人の希望を聞いた方がいいよね。

「もちろん、『お父さん』が理想かな？」

……ですよねー。

「でも……咲子さんから聞いているから、無理にとは言わないけどね」

オカンは言うよな。オレがそういう目にあってたの知ってるから。

「咲子さんもそうだったから」

そうなんだよね。子供すぎてわからなかった。オカンがなんであんな男に引っかかってしまったのか。だってあいつオレだけじゃなくてオカンにも手をあげてたし。オカンもまさか小さい実の息子に対してそんな虐待を起こしてるって知らなかったみたいだし、オレも口止めされてたし。怖くて言えなかったたって言いますか……。何にせよ、よくあそこで思い切ってあのクソ親父の下を飛び出してくれたものです。

オカンは、この人と再婚して幸せだったよな、多分。

「咲子さんからも、あんまり語られないけど、酷い男だったのは想像できるし。幸星君にとっても『お父さん』っていう名称は、そのイメージが強いんじゃないかなって思う。距離を取られるのけ最初から覚悟してたんだけど、幸星君はちゃんと莉奈の面倒もよく見てくれて、優哉や僕にお弁当まで作ってくれて、すごく気を使ってくれてるし、そうまでしてくれるのに『お父さん』と呼べとは言えないなってわかってる。……でも真崎さんと呼ばれるのは……なんというか……」

わああああ、そんな全部言わなくても！　イケオジがそんな素直にただ漏れな心情を吐露するなよ！

そんなこと言われちゃったら、逆再生前、大人の男の人、もとい自分以外の他人が怖くて引きこもりボッチをやったオレが、新しい家族に歩み寄ろうとするこの人のことを考えず、ただひたすら、自分を守りたいばっかりに殻に閉じこもって、就職したら何も言わずに速攻で家を出たその罪悪感が半端ねえ。

あー逆再生する前の真崎さんごめんなさい！

「じゃあ、えっと、その……隆哉《たかや》さん？」

名前でさん付け、優哉だってオカンを咲子さんって呼んでるし、これが無難な気がする。

オレが隆哉さんというと、莉奈ちゃんはオレの前に立って自分の顔を指で示す。

「コーセーお兄ちゃん、莉奈も、莉奈も呼んで！」

「莉奈ちゃん」

「どーして莉奈は莉奈『ちゃん』になるの？」

「可愛い子には『ちゃん』で呼ぶの。そういうものなの」

莉奈ちゃんは嬉しそうに照れながら笑う。

癒された……今ので癒された。

それでいいよね？　真崎さん、いや、隆哉さん。

この別世界線ではオレも家族になれるようにがんばりますから。許してください。


お昼はオカンが買い置きしてくれてた焼きそばを作った。麺三つ入りなので、このメンツで留守番する時にはいい分量です。残り野菜を適当に刻んでぶっこんでお弁当用に残ってたウィンナーも入れてみるとちゃんとそれなりのボリューム出ました。

お昼ちょっと過ぎに、夕飯の買い出しに出かけようとしたら、莉奈ちゃんと隆哉さんもついていくという。

以前水島さんと一緒にプチシューを買ったスーパーへ三人で出かけた。

「ギョーザがメインなら、サラダは春雨ともやしとどっちがいいですか？　春雨はスープに入れますか？」

オレはスマホでレシピを検索しながら隆哉さんに尋ねる。

サラダは春雨ともやしどっちをメインにしても、入れる食材はだいたい決まってる。

キュウリとハムを千切りに、カニカマあると彩りとかいいな。

ごま油の香りとちょい辛なドレッシング。市販のドレッシングを買ってもいいんだけど、うちの家族で一本近く使っちゃうんだよな。作った方が安上がりなのか？

ごま油あるし、醤油も砂糖もみりんもある。豆板醤とあとは創◯シャンタンかウ◯イパーとか、粉末じゃない練り系の中華だしの素があればそれなりになるのか。へー。ドレッシングも作ってみるか。

スープは卵にして、でも、他に副菜あった方がいいよな。

餃子もサラダも味がしっかりしてるから、優しい感じの箸休め的なやつがあるといいよね。どーすっかなー。

オレはカートに乗せたカゴの中の食材を見て思案していると、横から声がした。

「こんにちは」

カートの取っ手を握って一瞬だけ閉じてた目を見開いて、隣を見ると水島さんがいた。

「こ、こんにちは」

制服姿じゃない水島さん、ワンピースに薄いカーディガン羽織ってて、大人っぽい。

近所のスーパーに買い物するだけでも、私服がお洒落とか。

優哉といい水島さんといい……ルームウェアに中学ジャージを着るオレとしては、ほんとお洒落さんだなあと頭が下がります。

「幸星君？」

はっとした時、後ろから莉奈ちゃんと一緒に隆哉さんが来る。

あ、莉奈ちゃんしっかりイチゴ◯ッキー大袋をゲットしてる。ちゃっかりさんだなあ。

「お友達？」

隆哉さんが水島さんを見てオレに尋ねた。

「あ、はい、クラスメイトの水島さんです。水島さんはすごいんですよ、一人暮らししてるんです」

「はじめまして、水島遥香です」

「初めまして、幸星君の義父です」

莉奈ちゃんはキョロキョロと隆哉さんと水島さんを見上げてもじもじしてる。

水島さんはそんな莉奈ちゃんに気が付いて、莉奈ちゃんに笑いかける。

「こんにちは」

莉奈ちゃんはお菓子の袋からそっと顔をのぞかせて「こんにちは、莉奈です」と小さく呟いた。

「あの水島さん、いきなりで悪いんだけど、中華の副菜で、あっさり系のものを作りたいんだけど、なんか思い当たるものないかな？　メインが餃子、サラダがもやしか春雨かどっちかにして、スープは卵スープにしようかって考えてるんだ」

「あっさりで副菜……ですか」

「サラダも餃子も味がガツンとしてるから、スープともう一品はあっさりでいきたいんだよ」

水島さんも考え込む。

「葉物野菜の炒め物はどうですか？　塩味で」

「おお！」

「ねえ、水島さん、よかったらウチでご飯食べないかい？」

隆哉さんが水島さんに提案する。

「幸星君の料理は美味しいし、見たところ夕飯の買い物みたいだし」

「え？」

隆哉さんの言葉に水島さんはきょとんとする。

てか隆哉さん、どーして水島さんから死角の位置でオレの背をつつくんですか!?

でも。水島さんの顔を見て、オレはこの間のチーズケーキのことを思い出した。

ホールサイズのチーズケーキ。

オレが持ち帰ったら、その日の夜に無くなるけれど、水島さんのおやつには何日か残るチーズケーキ。

そして多分、きょうの夕飯も一人……。

「お願い、うちは五人家族だから！　餃子包むの手伝って！　オレ一人じゃ手が足りない！」

逆再生前のオレの夕食の風景。

それこそ独りで、コンビニ飯。

そして逆再生した今の夕食の風景。

みんなでその日あったことを話しながらの手作りの夕飯。

水島さんは、コンビニ飯じゃないけど、ちゃんと自炊してるけれど、でも、独りだ。

毎日学校があるならいいさ、でもゴールデン・ウィークだ。

学校はない。クラスの仲のいい女子友達も、それぞれ都合があるだろう。

「あのね、あのね、コーセーお兄ちゃんはおりょーり、じょーずなの」

莉奈ちゃんが水島さんのワンピースを小さく引いてこっそりと言う。

「おいしいの」

「そうなの？」

「おねーちゃんもいちど食べて」

莉奈ちゃん！　おねだりの仕草が可愛すぎるじゃないか！

隆哉さん、イチゴ◯ッキー大袋もう一個買ってあげて！

「わたしがお邪魔してもいいんでしょうか？」

水島さんが隆哉さんに尋ねると隆哉さんは頷く。

「さっきも幸星君が言ったように、手伝ってあげてほしいな。正直、僕と優哉は料理がまるでダメなんだ」

苦手なことをサラっと言える隆哉さん……カッコイイ。

オレの義父はこういう人だったんだな。

15年前は、こういう人だと知ることはなかった。

でも、この別世界線に来てこういう人だって知ることができた。

別世界線でなら、もう一度、15年前にできなかったことが……できるかもしれない。

「ね？　水島さん、今日はオレの家でご飯で！」

オレは水島さんにそう伝えると、水島さんは躊躇いながら、でも嬉しそうに頷いてくれた。

14 水島さんと餃子を作ってみた！

スーパーから自宅へ向かう。途中で水島さんが荷物を置いていくので、隆哉さんと莉奈ちゃんに食材を持って先に戻ってもらった。

水島さんのマンションのエントランスで彼女を待っていると、ほどなくして彼女がきた。

「いきなりで、ごめんね。せっかくのゴールデン・ウィークなのに」


我が家の夕飯のお手伝いとかさせてしまう。申し訳ない。

だって花のＪＫですよ、予定だって盛沢山な気がする。

「いえ、こちらこそ、何も予定がなかったから」

そんな返しをしてくれるなんて優しい……。

水島さんは長くおろしていた髪をお団子にして肩にトートバッグを下げている。

料理の手伝いをお願いしたからだろう、ほんとこの子きちんとしてる。

「あの、ごめんね、どうして一人暮らしなのか聞いてもいい？」

「あ、はい、親が海外赴任に出ているんです。時折日本に戻ってきます。英語圏だったら一緒に連れて行くことも考えていたみたいですが」

「高校受験と海外赴任が重なったんだ？」

「はい」

「でも水島さんはしっかりしてるからご両親も安心だね」

「そう思われたいです。なんだか日本を離れるの怖くて」

「海外留学とかは考えないの？」

「恥ずかしながら英語は苦手で」

「ああ……」

そして思い出した、ゴールデン・ウィーク過ぎたらすぐに中間テストがあることを。

中学の中間テストは、国・数・理・社・英だったけど、オレの高校の中間テスト科目、古典・現代文・数一・数A・化学・現社・地理・コミュ英・英表なんだよね。

自信ねえええええ。

「どうかしました？」

「迫りくる中間テストを思い出した。中間の科目で水島さん得意教科何？」

「化学……かな？」

まさかの理系女子!?

だから英語苦手なのか!?　いや、オレなんかは全般的に不得意教科ですけど。

「あと数学？　あの先生、すごく丁寧ですよね。わざわざプリントとか自作してくれて」

「確かにアレはいいよね、ノート作りやすい」

同じクラスなだけあって共通の話題があってよかったなと思いながら、自宅へ戻った。

自宅へ戻ると、莉奈ちゃんが廊下を走って「おかえりなさーい」と言ってオレに飛びついてくる。そしてスーパーの初対面時よりもテンション高く水島さんに「いらっしゃいませー」と言った。どこの店員さんですか、莉奈ちゃん。

水島さんも莉奈ちゃんと隆哉さんに「お邪魔します」と頭を下げる。

隆哉さんは冷蔵庫に食材をしまっておいてくれてたみたいだ。

「あの、それでこれ、手作りで恥ずかしいですが、みなさんでどうぞ」

水島さんがトートバッグから可愛いラッピングを施したお菓子を取り出す。

わあああああ。申し訳ない！

こちらが付き合ってもらっているのにそんな気遣いを！　つーかほんとにできたお嬢さんだよ！　親御さんはさぞ自慢だろう！　隆哉さんも驚いてそれを受け取る。

「え、水島さんが作ったの？　ねえ、幸星君、今時の高校生はこんな感じなの？」

「いえ！　水島さんがきちんとしているだけです！」

「だよねえ。優哉の中学時代も女の子が来たけど、こういう子いなかったよ」

……優哉……お前自身はスペックが高いのに、群がるのはなぜそういう系の女子なんだよ。

機会があったら聞いてみよう。多分「知らね」と一蹴されるとは思うけどな。

水島さんとオレは手を洗ってキッチンに向かう。

水島さんは肩に下げていたトートバッグからエプロンを取り出す。

それを見た莉奈ちゃんは、自分の部屋に戻ってエプロンを首から下げてきた。

「コーセーお兄ちゃん結んで」

オレは莉奈ちゃんのエプロンを蝶々結びにしてみせる。

その様子を見ていた水島さんは「髪も結びましょうか？」と聞いてきた。

「莉奈ちゃん、髪を結ぼうか。お料理する時、髪が邪魔になっちゃうから」

オレがそう言うと、莉奈ちゃんははっとして自分の部屋に戻り、可愛い髪ゴムやブラシの入った小さいカゴをもってきた。

「おねーちゃんみたいなのにしてください！」

「お団子にするの？」

莉奈ちゃんはうんうんと頷く。お団子かあ……どうやるんだこれ。

「わたしがやりましょうか？」

「いいの!?　お願い可愛くしてやって！　中華だから両サイドにお団子にしてやって！」

「はい」

オレは水島さんの器用な手つきを見ていた。小さくて細い指で器用だなあ……。

ゴムとピンだけお団子完成。

「パパ、コーセーおにーちゃん、莉奈、おねーちゃんにお団子にしてもらった！」

「莉奈可愛いぞ！　ありがとう水島さん！」

隆哉さんがめっちゃ感激してる。

女の子が髪を弄ってるの好きなのかなー。オカンもそうしてるし。オレが莉奈ちゃんをツインテールにした時も感激してたし。

いや、オレもぶっちゃけ好きです。女の子のストレートロングっていいなあと思うけど、そういう子がシチュエーションに応じてヘアスタイル変えてくれるの好きだ。

こんなことを公言したら「うっわ、めんどくさい男」とか冷ややかに言い切られそうなんで絶対女子の前では言えませんがね。

「莉奈ちゃんお料理前にもう一度、手を洗いに行きますか？」

水島さんの一言に、莉奈ちゃんは頷く。

「行きます！」

すっかり莉奈ちゃんは水島さんに懐いてしまった。立ち上がる水島さんの手を莉奈ちゃんが握る。

オレは先にキッチンに立って、ニラとキャベツとネギを刻んでおくことにした。

下味をつけて捏ねるだけにしていたボウルを二つ、莉奈ちゃんの前に差し出す。

もちろんネタを捏ねる係は莉奈ちゃんです。

「真崎君、どうしてボウル二つなんですか？」

「大葉入りとそうでないやつ、隆哉さんが大葉入りも食べたいって言ってたから」

莉奈ちゃんに捏ねてもらってる間に、オレは副菜のサラダに取り掛かる。

サラダは、もやし、キュウリ、ハム。

水島さんがもやしを洗ってちゃんと根まで取ってくれてる。これ何気に手間かかるんだ。ありがたい。もちろんオレも根を取ります。今日は莉奈ちゃんオカン以外にも水島さんがいるからカロリー的にも春雨サラダよりこっちだと思ってもやしにしてみたんだけどね。

もやしの下処理に先が見えたら、ひたすら食材を切る。

ハム千切り、キュウリ千切り、あと塩炒め用の青梗菜と小松菜を洗ってざく切り。

水島さんが根本を取り終わったもやしをさっと湯がいてくれる。


「ただいまあ」

お、腹ペコ小僧が帰宅してきたぞ。

「誰かお客さんー？」

スポーツバッグを肩に下げたままリビングに入ってくる優哉。

莉奈ちゃんがボウルに手をつっこんでいるのを見下ろして、リビングのソファに座って新聞を読んでる隆哉さんを見てからキッチンに視線を向ける。

「おかえり」

「お邪魔してます」

水島さんはオレの影からひょっこり顔を上げて挨拶する。

「ええっと、水島さん……だよね。え？　幸星、お前がナンパしたの!?」

「ナンパしたのは隆哉さん。オレはお願いしただけだ。そして優哉、お前はこれ以上キッチンに近づくな、はよ着替えて手を洗え、そして洗濯物を取り込んで畳んでくれ」

「イエス・マム」

「誰がマムだ。オレか!?　オレなのか!?」

オレはお前のかーちゃんではなく義弟ですよ。

水島さんがクスクス笑ってる。

「ほんと、仲良しですよね、真崎君とお兄さん」

うん……。まあそうですね。オレもこんな風に会話ができるとは思ってなかったので日々新鮮ですけどね。

「ちょっと卵を使ってもいいですか？　片栗粉ありますか？」

「あるよー」

何を作ってくれるのかな？　ちょっと期待。

水島さんは手際よく片手で卵を割る。やだカッコイイじゃん！　オレも片手で割れる？

スープの時ためしてみよう。

割った卵に砂糖とだし、そして水溶き片栗粉を入れて、カチャカチャと溶き卵を作り始める。

オレはとりあえずフライパンをコンロにおくと水島さんに「ありがとうございます」とお礼を言われた。よかった、多分、この卵は焼くで正解だったようです。

では水島さんにその卵をお任せして、オレは小さなボウルに、濃い口と薄口の醤油、みりんとお酢と、ちょい砂糖と豆板醤入れてごま油を入れてみた。

中華ドレッシングの作成だ。

莉奈ちゃんにタネを混ぜるのを終了してもらう。

莉奈ちゃんの手を濡れ布巾でふいてあげて小さな泡だて器を渡し、これでゆっくり混ぜてねと伝えてた。

「あんまり力入れちゃうとこぼれちゃうから、ゆっくりでいいよ、混ぜたらオレに頂戴」

絶対楽しくなって、混ぜ混ぜに夢中になっちゃうとこぼしちゃう可能性大。注意を促しておくと、莉奈ちゃんはまぜまぜを始めながら「はあい」とお返事してくれた。

さてさて、餃子のタネはラップしておいて、次は副菜。

オレは冷凍庫からシーフードミックスを取り出す。これを葉物野菜の塩炒めに入れてみようかと思う。

塩水に使う分だけシーフードミックスを入れて……こうすると臭みがちょっとなくなる。解凍できたら塩水はコップ半分ぐらい残しておいて捨てる。残した塩水はあとで炒める時にも使います。ちょっとした出汁というか、魚介の味も沁みてるので、そのまま練り系の中華だしの素と入れて混ぜておく。

「コーセーお兄ちゃん、まぜまぜしたよ！」

「おお、莉奈ちゃんありがと。包むまで手を洗って待っていてね」

「いえす！　まむ！」

優哉めあ！　莉奈ちゃんが真似したぞ！　どーしてくれる!?

オレは莉奈ちゃんが撹拌してくれたドレッシングをスプーンですくって味をみる。うん。ちゃんと中華ドレッシングになってる。

オレは水島さんに小さなティースプーンを取り出して渡す。

「ドレッシング、これで大丈夫？」

水島さんにも味見をしてもらう。

「はい、大丈夫です。でも真崎君、よく目分量で作れますね」

うん、目分量だった。ていうかオレが作るのだいたい目分量だ。中華ドレッシングって味が想像できるし配合これぐらいな感じでってやってみたんだけど。

「うん、このぐらいかなーって感じでやってみる。スイーツはきっちり量るよね、砂糖とかめっちゃ減らしたくなる。チーズケーキの時とかも驚いた」

「わたしは思い切りがないのでレシピどおり、きっちり量って作るスイーツが好きというか安心感があるというか」

「理系女子的発言だ」

「理系女子……」

「オレは単純におおざっぱなんだろうなあ。そんな気がするよ。え？　カニカマほぐしてくれただけでなく錦糸卵まで作ってくれたの？　それさっきの卵だよね？」

「はい、サラダの彩りとしてなんとなくいいかなと……」

「錦糸卵って水溶き片栗粉入れるの？」

「入れなくても出来ますが、こうすると破れにくいそうです」

「うわーさすがー。よし、これも莉奈ちゃんに混ぜてもらおう。莉奈ちゃーん、お仕事でーす」

「はーい」

「サラダお箸で混ぜて」

「おはし大きいね」

「あー……まって、まって、これがあった」

「はさみ？」

「トング」

「とんぐ……」

これなら長い菜箸よりも莉奈ちゃんには使いやすいよね。オレが見本を見せる。

「はさんでこうしてドレッシングが全体にからまるように混ぜてね」

「はーい」

様子を見ていい感じになってきたな。小皿二つにサラダを載せる。

莉奈ちゃんと水島さんに渡す。

「どうだろ？」

莉奈ちゃんパクっと一口で食べたね。


「おかわり！」


いやそんな元気よく言われても……。

「いや、それ味見だからね」

「あじみ……」

「おかわりしたいなら上手にできたのかな？」

「はい！」

「じゃあ包みますか、餃子」

オレはダイニングテーブルに大皿を出した。大皿の上にキッチンペーパーを敷いて餃子の皮とさっきのネタと小皿に水溶き片栗粉を用意した。

優哉はその様子を見てる。

「手伝ってくれてもいいのよ？　オニイチャン」

オレが優哉にそう言うと、優哉は眉間に皺を寄せる。

「やだ、俺は絶対皮を破ると思う」

「失敗したら自己責任で処理しろよ」

「やだよ、俺はちゃんとした餃子が食いたいの！　だからそっと見守らせてください。あと、そのサラダの味見もさせてください」

「味見はお手伝いの人限定です！」

なんだそのショックを受けた顔は。そっと見守ってろ。


「じゃ、水島先生、よろしくお願いします」

水島さんは「なんで先生なんですか……」と言いながら、その小さく細い指で器用に、綺麗なヒダを作りながら包む。

オレも餃子を包むのに集中するのだった。

15 優哉が語る呪術的なチョコの話

「ただいまあ〜……あれ？」

餃子を包み終わったところでオカンが帰宅。

「おかえり咲子さん」

「おかえりなさい咲子さん」

隆哉さんと優哉がオカンに声をかける。

「お、お邪魔してます」

水島さんがペコリと頭を下げる。

「オレのクラスメイトの水島さん」

「あ〜幸星と同じ部活の子ね、チーズケーキのデコレーションをアドバイスしたとかの！　あらあら、ようこそ〜って、なんでお客さんに手伝わせてんの？」

オカンの言葉に、オレは隆哉さんを見ると隆哉さんは優哉を見る。そして優哉はオレを見る。

なんだよこの三すくみは！

そもそも隆哉さんがナンパしたんだよ！

え、だけど、オレ？　「手伝って」って最初に言っちゃったのはオレ？　オレか？　オレなのか……。

「スンマセン、オレが頼みました」

「幸星～アンタって子は～」

「咲子ママ、あのね、あのね、お団子にしてもらったの！　おねーちゃんに。可愛い？」

オカンの攻撃からオレをかばって両手を広げて必死にオカンに言い募る莉奈ちゃん！

ありがとう！

「あら～可愛くお団子にしてもらったの～？」

「だからコーセーお兄ちゃんは悪くないの！」

「もう～せっかく遊びにきてくれたのに手伝わせちゃってごめんなさいね。ほらほら、あとはあたしがやるから、幸星、お茶お出しして」

「イエス、マム」

本当のマムにはかないません。


オレはコーヒーを淹れながら、夕飯の途中工程をオカンに説明する。

「じゃあ、餃子はあと焼くだけね」

「そうなんだ。右側大葉入りで、左は大葉は入れてない。で、あとスープともう一品、葉物の野菜の塩炒め。でもごま油ヤメテ、餃子もサラダもごま油でくどくなっちゃうからシーフードミックスを散らしてあっさりな感じにしようと思って」

「ＯＫ、続きはやるわ、ありがとね幸星。それとさー」

オカンはこっそりオレに囁く。

「水島さんって、想像してたより可愛い子ね。付き合うの？」

は？　なんでそうなるの!?　水島さんはね、しっかりしたお嬢さんだよ？　オレなんかより
も全然お似合いの男子はクラス内にいると思うよ!?

ていうかこの家にもいるよ？　かなりの優良物件が。オレはお呼びじゃないですよ。

「クラスメイト。ただ近所に住んでて、親が海外赴任で受験と重なって、独り暮らしでさ……

だから隆哉さんが夕飯に誘ったんだよ？　でもあの子は普通に誘っても断るかなって思ったか
ら手伝ってもらうの口実にしたんだ」

でもお茶も出さずに手伝わせてしまったのは反省。

オカンは「そっかあ……」と呟きながらスープを作る。

「あ、オカン、米まだセットしてない」

「はいはい」

オカンは米をセットする。

オレはオカンにもコーヒーを置いて、トレイに人数分のコーヒーと莉奈ちゃん用のホットミ
ルクを乗せてリビングにいるみんなにコーヒーを持っていく。

水島さんが持参してくれたクッキーもちょこっと乗せて。じきに夕飯だから少しね。

「ごめんね、水島さん、お茶も出さずに手伝わせて」

「いえ、ちゃんとしたお料理ができて楽しかったです」

コーヒーを出しながらそう言うと、水島さんはそう返してくれた。

「優哉、これ、水島さん手作りなんだって」

「へー、すごいね」

って言うけどさ……キミはそういうの、たくさんもらってそうだもんなあ。

「莉奈も、たべてもいいの？」

「夕飯前だから少しね」

オレがそう言うと、ショボーンとした感じで「すこし……」と残念そうに呟く。

「明日の分に残そうね」

「あした！」

ぱあっと笑顔になる。ニコニコ笑ってる莉奈ちゃんと水島さんが並ぶと華があるなあ。

「おねーちゃんのクッキーおいしい！　えっとね紅茶の味がするの！　コーセーお兄ちゃんも食べて！　おいしいの！」

「え、紅茶クッキーなんだ。紅茶クッキーって茶葉を生地に練りこむの？」

「はい、使用する茶葉はなるだけ細かい茶葉がいいです。型抜きがしやすいです」

オレもご相伴にあずかる。一つだけ摘まんで口の中に入れると、サクッとして紅茶の香りがふわっと広がる。

そういえば、ＪＫの手作りクッキーなるものを食したのは一度目も二度目も含めて人生で初めてだよ。

そして腹減ってるのか優哉……よく食うな……。

サラダ味見させてやればよかったかな。

「優哉が女子の手作りクッキー食べてるの初めて見たな」

隆哉さんがぼそりと呟く。

「中学時代もそういうのもらって帰ってきたことあるけど、食べてないから」

「ちゃんと食えるものを作れる人が持ってきたものは食える」

どういうことですか？

食えないモノを作って渡されたってことがあるのか？

「幸星と一緒に夕飯作っていた時点で安心感があるから食えるってこと、今までは怖くて食えたもんじゃねーよ」

「はい？」

怖くて食えないってどういうことですか。

「バレンタインデーのチョコなんてその筆頭。お前、そのチョコの中にナニを入れたと問い質したくなるものを渡されて以来、女子から渡される手作り系の菓子はダメ」

訊くのが怖いが訊いてみる。

「何が……入ってた？」

「香水はまだまし」

え？　食い物に香水入れるの？　それ食えるの？　そしてそれが「まだマシ」ということは

他に何が入ってるの？

「血がねりこんであるとか髪が入ってるとか」

ホラーかよ！

食べ物で遊んじゃいけませんよ！

水島さんが「あ～おまじない的な……アレですね」と呟くと、優哉は頷いてもう一個クッキーを摘まむ。

「え？　何それ黒魔術的な何かなの？　女子はバレンタインデーのチョコにそんな呪術を仕込むモノなの？」

水島さんは残念そうな表情になる。

「らしいよ、そういうのが一定数混じってた」

「えーと……要はその好きな人に振り向いてもらえるように、おまじないというか……」

優哉も呆れ気味に呟く。

「食えないじゃん……」

「食えないよ、もらっても。だから俺は女子の手作り菓子はそれを理由に断ってる」

「あ～だから優哉がある年から市販の高級チョコをもらうようになったのか」

隆哉さんも呟く。

そりゃー手作りよりは市販の高級チョコの方が断然に安心感あるもんな、そしてちゃんと食べられて美味しぃし。

「でも、よくそんなんが入ってるって口に入れる前にわかったな」

「もらった量が量なんで、放課後クラスの男子連中と摘まもうとしたら、異物混入チョコを渡してきた女子が慌てて教室に入ってきて、チョコに入ってる内容物をばらした」

自分の身体の一部が入ってるから優哉に食べてほしいので、他の子はダメと叫んだそうだ。

その場にいたクラスの男子はもちろん、優哉もドン引きだったという。

「バレンタインのチョコがモテる男のバロメーターだと思ってる奴等も、その現場にいたことで考えを改めて俺に同情するようになったよ」

ごめん、一般的にチョコの量がモテる男のバロメーターだとオレも思ってました。

そんな異物混入な手作りチョコが含まれているなんて、全然想像もしてませんでした。

優哉……お前……。食べるの好きなのに、そんなものを渡されていたなんて……なんて可哀そうなんだ。

「優哉、食べろ。安心してこの紅茶クッキーを食え」

小柄なJK美少女が作ったという希少価値も含めて味わうといい。

「でも幸星、俺、餃子食べたい」

「わかった！　手伝ってくる。水島さんはゆっくりしててね！」

俺は腹ペコ兄さんの為にキッチンに戻った。

優哉待望の餃子が出来て、みんなで食卓を囲む。

ちょっと大きめの皿に、大葉入りと普通の餃子。サラダや塩炒めは小鉢や小皿に盛ってそれぞれの前に。

「へー大葉入り餃子って初めて食べたけどさっぱりしてるのな」

優哉は声をあげる。

「うん、想像どおりで美味しい。幸星君、水島さんありがとうね。莉奈も頑張ってくれたよね」

隆哉さんもお気に召したようで何より。

「水島さんも自分で作ったんだから、遠慮しないでたくさん食べてね！」

オカンが水島さんに声をかけてる。

莉奈ちゃん……意外と塩炒め好きなの？　サラダちょっと辛かったかな？

「本当に、今日はありがとうね–水島さん、おうち近所なんだって？　よかったらちょくちょく遊びに来てね」

なんてオカンは言う。

これがまだ莉奈ちゃんぐらいの小学生なら普通に行き来するだろうけど高校生だからね、水島さん。

クラスメイトではあるけど男子の家にちょくちょく遊びには……なかなか。

これがまた呪術系チョコを優哉に贈るようなタイプなら言質とったとばかりに来るだろうけど、しっかりしたお嬢さんだから遠慮するだろー。

でもさ……。

こうしてみんなでご飯食べるの美味しいいし、楽しいよね。

ほんと水島さんさえよかったら、来てほしいよ。


「オレも料理楽しかったし、水島さんも料理上手だし、また一緒に料理しようよ」

「莉奈も！　莉奈もおりょうりする！　おねーちゃんにまた髪の毛お団子にしてもらうの」


水島さんはどうしようかと思ってる感じだった。

なんとなく察しちゃうけど。

この場は今うるさいぐらい賑やかだけど、水島さんは普段は独りだからな……。

独りって自宅に戻るとまたその静かさが耳に痛いんだよな。

賑やかな場所にいたらそれだけその反動があるから。

「それにゴールデン・ウィーク過ぎたら中間テストだろ、化学教えて。英語は優哉に訊いて」

「俺かよ!?」

「オニイチャンの学校、都内公立トップクラスだから、教えてくれるよね？」

「じゃあお前は俺に何を教えてくれるわけ？」

「失敗しない卵焼きとか、目玉焼きとか、ゆで卵の作り方」

「……なんで卵限定なんだよ」

「優哉ができそうなところから、そして基本形」

オレがそう返すと「基本ねえ」と呟く。

「いいじゃん、学校の連中で集まると遊んじゃうけど、このメンツなら全然オッケーなんじゃないか？」

「水島さんは真面目だからな……いいよ、けどお前、これ以上人数は増やすなよ」

はい!?

優哉お前、オレがクラスの連中とわきあいあいやれるキャラだと思ってる!?

クラスでは大人しい派だよ！

「どう？　水島さん、こいつ学校での様子は」

ちょっと待て、優哉。

お前保護者かよ!?　なんで家庭訪問に来た先生に子供の学校の様子を伺う質問的なことを水島さんに尋ねるの？

「あーそれは僕も聞きたいな」

本物の保護者ものってきた。

「水島さんが困っちゃうだろ！　よく考えてみようよ、普通クラスの男子にそんな注目する女子はいませんから！　クラス担任ならまだしも、水島さんは普通に一般生徒！」

隆哉さんと優哉は舌打ちした。

「えーと、同じクラスの委員長と菊田君という男子生徒とわりと一緒にいる感じですね。クラス自体も落ち着いてますから、特に悪目立ちすることもなくて、成績の方はおうちの方のほうが詳しいのではないのでしょうか？」

オレはがっくりと肩を落とす。
水島さん……アナタ天然ですか……。
それは素で言ってるんだろうけど、まんま学校の先生ですよ。
「先生、うちの子をよろしくお願いします」
何故……オカンまで乗っかるのか、このノリに……おかしいだろ。
まあ、これはこれで、水島さんも楽しそうだからいいか。

◆16 中間テストを乗り切った感じです。

ゴールデン・ウィークはだいたい家事で終了した。

合間に勉強もしたけど。中間テストがあるから。

そしてこの休み明けの中間テスト一週間前になると部活動中止だ。

優哉の学校も同様、部活中止で放課後早めに帰宅してる。

「この時間が非常にもったいないというか、バイトしたい」

「何、幸星、お前バイトしたいの？」

我が家の家庭教師である優哉先生と一緒に中間テスト対策です。

莉奈ちゃんは放課後遊び教室でまだ学校。

「したい。あの学校、申告しておけばバイトOKだし。でも家のこともしたいから～週1か週2で入れるところがいい」

けど、そんなゆるゆるなバイトとかって、なかなか見つからないんだよな。

高校生バイトは週3日からっていうのが募集要項では大部分。

オレは高校生に逆再生した現在、いろいろ行ってみたいところがある。

箱根合宿の時にも思ったけど、美術館や博物館とか学割で行けるところ。

あと映画とかも観たい。そこは主にアニメですが。

その為の軍資金が必要なのだ。学割利くけど、やっぱり必要。

もれなく莉奈ちゃんも絶対行くとか言ってくれそうな気がするからさー。

でもなあ、高校生のバイトって……多分コンビニか……飲食か……。接客というのがオレはやったことないんだけど、どうかな、ちょっと怖いよ。

でも金の為ならやるしかないのか……。

「夏休みあたりに短期でバイトするかな～」

できればこの中間終わったあたりからバイトしたいんだけどね。

「幸星お前、何気によく動くよな」

「へ？」

「俺は親父から、お前は内気で内弁慶で大人しいって聞いてたんだけど」

「内弁慶だろ、ていうか家でも大人しいだろ。学校でも大人しいよ。ね？　水島さん」

実はこの場に水島さんもお招きしている。というのも、オカンも隆哉さんも、

「水島さんをちょくちょくウチに誘うように。独り暮らしなんだから、心細いと思うわよ」

とか言うんだけどさー。

あんまり頻繁に誘うと水島さんが気を遣いすぎるかもしれないので、ほどほどな感じで誘ってみることにした。

水島さんは大人しいけど、女子友、結構いらっしゃる方ですよ？

クラスのぱっとしない男子の誘いよりも、同性の友達の方が安心感もあるし気も遣わないで

いいんじゃないかと個人的には思うんだ。

しかし、両親がうるさいので、本日、優哉先生つきの試験対策という名目で誘ったらＯＫが出たので我が家にお招きしたわけです。

「賑やかなのは菊田君だから……でも、真崎君は菊田君と一緒にいますよね？」

それはキクタンが絡んでくるだけであって、オレは全然絡んでないよ！

「キクタンは誰にでもああいう感じだからでは？」

誤解ですから！

「女子からも結構声かけられますよね？」

その言葉を聞いて優哉がニヤニヤするけど、それは完全な誤解です。

「声をかけられる原因はそこでにやついてるオニイチャンのせいだよ。箱根合宿の時からなんか話しかけられるけど、でも、全員が『箱根合宿の時に成峰の男子とお話してたでしょ～』から始まるんですよ。つまりは今、オレの前に座ってるイケメンにつなげと、そういうことですよ」

水島さんはオレと優哉を見比べて、「ああ……」と呟く。

優哉は眉間に皺を寄せる。

「断れよ、俺は自分の学校のその手の連中をさばくので手一杯だ」

逆再生の15年前なら、その言葉は「モテ自慢ですかこのイケメンリア充」と思うところだが、人体の一部を仕込まれたチョコを渡された過去を聞いた今は、イケメンは意外と苦労しているのかもしれないと考えを改めている。

「顔知ってるけど、あんまり話したことがないとか適当にごまかしているけど？　素直に新しいオニイチャンですと言ったらどうなるかわかってますよ」

けど今解いてる数式はわかりませんがね。

あー……コレ、どうする。数学のプリントを見て唸ってると、優哉がシャーペンの頭でオレの引っかかってる数式を指し示す。

「お前、コレここで割ってないから躓いてんだよ」

「あ、はい、ありがとうございます」

勉強もこうして見てくれるし、いいオニイチャンだよ、この人。

優等生お二人のご協力を得て、中間を無事乗り切りました。

うん。学力測定よりは解けた気がする。

ていうかさ、逆再生以前の15年前よりもなんか解けてる？　アラサーだったから15年前の学校のテストなんて記憶にもないし、授業内容も覚えてない。

なのに、今は違う。これってどういうこと？　異世界転生じゃないけど何かの補正がかかってるのかな……。

まあアラサーのまま記憶あやふやで高校のテストを解けと言われたら一文字も書けないで白紙提出だろう。

授業を聞いてても、自宅学習してても理解できてる。できないよりできるんだから、まあよかったってことにしようか。


で、後日、テストの結果が戻ってきた時、教室で変な声が出そうになった。

テストの結果はクラスの平均ギリギリとかだったらいいな、ぐらいだったんだけど。

オレ、高校時代、こんなテストの結果がよかったことは……ないぞ。

これけ優哉先生と水島先生に足を向けて寝られねえんじゃね？

「化学の岡部先生が言ってた、テスト前の女子の『あたし、全然勉強してないからっ！』っていうのはだいたいが嘘で男子の『オレ、全然勉強してないから！』ってのが真実だよねって話はさーお前には当てはまんねーな。ザッキー」

「キクタン……」

オレ『全然勉強してないから！』なんて一言も言ってませんが？

「そこはちゃんと勉強してないという結果を出して、オレと一緒に英表の補習を受けるべきと思うんだよね」

……キクタン……お前さん、勉強しなかったのかよ……。

聞けば部活が忙しく、テスト一週間前になった部活停止期間は、それまで連絡してなかった中学時代の友だちとわいわいやってちょっと遊んじゃったようで……。

「お前は大人しく補習受けてこいよ」

委員長がため息まじりにそう言って、キクタンの肩をたたく。

「トミー、今度勉強教えて、そしてザッキーはオレの代わりに部活に出てきて」

なんでだよ!?　本当に高校生のこういう発言って、おかしいだろ。

いや、キクタンのキャラクターがそうなのか……。

キクタンは他にもいろいろ謎発言をかましながら足取り重く補習へ向かっていった。

頑張れ、心の中で応援するぞ。


さ、切り替え切り替え、ともかく次のイベントですよ。

オレの学校のイベントは体育祭なんだが、まだ一か月ちょい先だ。オレの学校の体育祭の前に莉奈ちゃんの小学校も運動会があるのだ。

「幸星～、優哉君～、君たち二人、莉奈ちゃんの運動会見に行く？」

「オレは行く、ていうか弁当作る。オカン手伝うぞ、どーする？　あんま凝ったヤツではない方がいい？　からあげとソーセージは定番で入れとくとして、卵焼きと？　あと何を作る？　メインはおにぎり？　あーでもいなりずしって作ったことないから作ってみたいな、食べやすそうじゃん？」

「ちょっと待て、いなりずし！　俺も食いたい！」

「オカン、優哉も行くって〜」

オレがそう言うと、オカンは「はいはい」とプリントにオレと優哉の名前も書き加える。

オレはそのプリントをのぞき込んだ。

「何コレ」

「えー来校保護者の申請書」

「……え？　莉奈ちゃんところの小学校公立だよね？」

「そうよ？」

「オレが小学生の頃ってそういうの……あった？」

「何言ってんの、あったでしょ？」


いや、そんなのなかったぞ……。オレはそのプリントをじっと見つめる。

このプリントがあったのは、中学生になってからだった気がする。

今現在、どこの小学校も門のセキュリティってめっちゃ上がっている。

「ほらー物騒な事件があったから、学校のセキュリティ上げようって話になったの、もー忘れちゃった？」

……多分……オカンの言う世間を騒がせた物騒な事件がおきたのは、オレが小学生の時なんかじゃない。あの事件がおきてから学校のセキュリティは厳しくなったのは知っているけど。だからオレがこの世界にくるまでの、本当の小学生の時は、小学校の運動会のお知らせにこんな物々しい申請書とかはなかったはずだ。

でもオカンは「あったわよー」なんて言う。

うーん。時間軸が微妙にずれてるんだろう。

公立の中学校もセキュリティを上げるのに、一斉にとはいかなくて、オレが卒業するかしないかの時に校門のセキュリティ工事が入るはずだった。

「どうかしたか？　幸星」

逆再生別世界線なんだっていうのを、実感したオレはよほど変な顔をしていたんだと思う。

「なあ、いなりずしに入れるのはシソがいい？　でも莉奈ちゃんシソ好きかな？」

オレは優哉にそう伝えて、自分の中で沸き上がった複雑な気持ちをごまかした。すでにオレは一回死んでこの世界にはいなかった。

今の生活が以前の生活とは違って、幸せだと思うから、こうして時々感じる世界の本当の時間軸を知って動揺しちゃうだけだろ。

大丈夫。

オレが死んだ年に15歳の姿へ逆行再生したのは、きっと未来を自分で感じろって、そういうことかもしれないんだし、それはそれで悪くないことだ。多分。

優哉はオレを軽く小突く。

「んだよ、お前さあ、人のこと〝食欲魔人〟か何かのように言うけど、お前もたいがいだろうが、真剣な顔して言うことソレかよ!?」

優哉が呆れたようにそう言った。

「オレ的にはワサビ稲荷に挑戦したい、ほんのりワサビ味」

「え。何それ、美味しそうじゃん」

この会話をポチポチとラ〇ンで隆哉さんに送ったら帰宅の通知に「ワサビお稲荷さん、それ絶対作ってお願い」と返信が来た。

逆再生前には絶対になかった家族との会話。

自分から話しかけて、そしてそれに答えてくれる誰か。

そんな今に生きているなら、多少の時間軸のズレは別にたいしたことはないと思う。

その通知を見つめて、オレはOKマークのスタンプを押した。

◆17 莉奈ちゃんの運動会

よっしゃ。おかずはオカンに任せた。

オレは初挑戦のお稲荷さんをやる。

お揚げの仕込みは昨夜からやってみた。

クック〇ッドレシピ、マジ頼りになります。


「幸星、アンタ本当に料理するの苦痛じゃないのね」

「うん。割と、慣れてるのもあるし、一人分よりも家族分の方が食材をそれなりに使えて作ってる～って気分になるし」

「助かるわあ。アンタ内弁慶すぎるから、もうてっきり家庭内引きこもりになるんじゃないかなって思ってたのよ～」

ドキリ。あ、ま、まあね、それはね、15年前にもうやりつくした感があってね。

「隆哉さんと再婚する挨拶の日なんか、やっぱり気が進まないのかなって思ってたぐらいだから」

「えーそれは普通に緊張するって」

別世界線に逆再生したから挙動不審でしたとか言えないじゃん。

お稲荷さんは初挑戦のワサビ稲荷と、あと莉奈ちゃん向けにゴマ稲荷。

それをせっせと詰めながら会話を交わす。

「それでオカンは何を作ってんの？」

「定番？　甘めの卵焼きとから揚げとウインナーとブロッコリーあとアスパラのベーコン巻き。

フルーツも用意しました。ブドウとさくらんぼ」

「おお」

やっぱ今日の主役は女子だからね、フルーツ大事。


隆哉さんは場所取り要員で朝ごはんを食べたら即、莉奈ちゃんの学校に向かった。

優哉はお弁当やら水筒やらビデオカメラ等々をオレと半分で持ってもらう。

莉奈ちゃんと一緒にみんなで学校に向かう。

莉奈ちゃんの髪は今日はオレが結わきました。

水島さんがやってくれたお団子髪にしてる。動画で研究したよ。

莉奈ちゃんそれ気に入ったのね。

長いサラサラの髪ですが、運動会だから結わいておかないと。

荷物を置くと、しばらくしたら児童たちが校庭に集合する。

隆哉さんスゲーな、ビデオ片手にベストポジション移動しまくり……。

「なあ、優哉、お前が小学生の頃から、あんな感じか？」

「いやー親父が来てくれたのは覚えてるけれど……ああいう状態なのを見たって感じはないな……こういうのって、本人はもうイベントに集中するだろ」


そっかー……まあオレの小学生の運動会の記憶は遥か彼方だが、オカンが仕事で来られないとかもあったのはうっすらと覚えてるような……。

当の小学生は普通にイベントに集中するよね。

開会式が終わればすぐに莉奈ちゃん達一年生の徒競走だ。

莉奈ちゃんは足が速いようで、午前の最終種目1〜3年の混合リレーにも出るんだって。

隆哉さんも運動神経とか良い方だよねえ、多分。真崎家のＤＮＡだな。

小学校の運動会って保護者多い。

でも隆哉さん背が高い方だからカメラも全然余裕だよなあ。

オレは隆哉さんや優哉みたいな高身長じゃないから、莉奈ちゃん視点のローアングルでスマホ動画に収めます。スマホを取り出して移動する。

もう莉奈ちゃんの真剣な表情とか可愛いではないですか！

ピストルの音に驚かないでスタートダッシュ。

速いぞ莉奈ちゃん。

オレ……結婚できなくても子供の保護者になった気分ですよ。

もうそれだけで莉奈ちゃんの存在に感謝するね。

徒競走の動画を撮り終え立ち上がったところで、隆哉さんに呼び止められた。

「幸星君、そのローアングルで撮った動画、あとで編集するから僕のメールに送っておいて」

……マジか……隆哉さん……。

本物のパパンの愛は違うね！

小学校の運動会のプログラムを見て、あーそろそろきっと、オレの学校も体育祭実行委員会が開かれるんだろうなと考える。

大会中に流れるＢＧＭも最近のヒット曲とか流してて、オレの子供の頃とは違うなと思っていた。

しばらく莉奈ちゃんの出番はないので、朝から隆哉さんが並んで確保したビニールシートに戻ると、優哉がいない。どこ行った。

「オカン優哉は？」

「近くのコンビニに行ったわよ。水筒だけじゃ飲料足りないだろうって、莉奈ちゃんが一等取ったら立ち上がって行っちゃった」

優哉もちゃんと莉奈ちゃんの勇姿を見たんだな。

ほどなくして優哉が戻ってきたんだけど、優哉が通り過ぎるたびに女子からの視線が熱いじゃないですか。

小学校の運動会ですけどね、保護者がいるでしょ？　若いお母さま方の視線、そして卒業したと思われる現在中学校に通う女子生徒、みんな、どこのモデルさんかと優哉に視線を向けて、すれ違うたびに小さい悲鳴が聞こえる。

家にいるとわからないけれど、外に出ると顕著だな。

そんな保護者から児童に「アレ誰のお兄さんなの!?」と囁かれている。

優哉は普通に高校に通学してても、アレじゃね？　こんな状態かね。朝は地獄のラッシュ時間帯だからそういうのは多分ないのか。

でも放課後はそうでもないから、大変かも。モテるとかいいなと男子なら思うかもだけど、これはちょっと問題だろ。本人大変そうだ。


「幸星、どれがいい？」


コンビニの袋をオレの前に広げる。

清涼飲料水系のペットボトルが幾つか。

オレはライチ味のペットボトルを取り出す。


「おにーちゃーん」

莉奈ちゃんがオレ達のいるシートに座る。

「莉奈ちゃん、足速いね、スマホで動画撮ったよ」

「わー！　ありがとう！　一年生は次の次にダンス玉入れなの」

つぎはダンス玉入れなんだね。

「莉奈スゲー汗だな」

優哉が丸めたタオルで莉奈ちゃんの顔をポンポンする。

莉奈ちゃんはタオルの感触が気に入ってるのか優哉のポンポンを嫌がる素振りはない。

「でも、玉入れはヤなの」

「入らないの？」

「違うの、白組の子が莉奈にわざと玉入れの玉を当てるの」

……なんだと、どこのクソガキじゃあああ！　うちの娘にわざと当てるだとおお!?

いや、莉奈ちゃんは妹なんだけど、もう気持ち的には父親ですから！

「へ、へえ……何組の誰かなー」

「同じ組のゆはらともやくん」

「幸星、顔ひきつってる。どこのモンペだよお前」

「莉奈ちゃん頑張って、当てられそうになったら逃げるんだぞ」

「うん」

どれどれ、莉奈ちゃんを入場門まで送りがてら、その『ゆはらともや』なるクソガキの面をおがんでやる。

優哉も一緒に連れだって入場門近くまで行くと、莉奈ちゃんのクラスメイトと思われる女の子たちが莉奈ちゃんを取り囲む。

仲良しのお友達もできたんだね。お父さんは嬉しいよ。兄ですけど。

スマホで莉奈ちゃんの待機中の様子を撮る。

そうしてると、莉奈ちゃんのお団子にした髪に小さい枝をぶっ刺してきたクソガキが写りこんだ。

周囲の女子児童も莉奈ちゃんのお団子を崩したクソガキに抗議の声を上げる。

莉奈ちゃんはお団子を崩されて少し泣きそう。

オレは立ち上がってそのクソガキを睨みつける。

お前が「ゆはらともや」かあ!!


「莉ー奈ー」


優哉が声をかけると、待機中の児童を見ていた保護者、上は50代から、莉奈ちゃんの周囲にいた女子児童も優哉に一斉に注目した。

莉奈ちゃんを呼んだのに、どうして周囲の女性達の方が優哉に視線を向けるんだよ。

すげえな……イケメンの吸引力。

クソガキは優哉に怯む様子が見えた。

「ちょっとおいで」

莉奈ちゃんは素直にオレ達のそばに来る。

「幸星、結び直してやって」


ＯＫ。ブラシが欲しいところだが、莉奈ちゃんの髪がサラサラなのが救いだ。

あとできちんと直すからね。

ペイっとぶっ刺さった枯れ木を取り捨てて、綺麗にお団子にして見せた。

覚えたんだぞ、お団子スタイル。迷いなく結い上げられますよ！　そのまま大人しく待っててね莉奈ちゃん。

オレが手早くくるくるのお団子にして見せると、莉奈ちゃんのお友達が「わー、はやーい」と声を上げる。

「できたぞー莉奈ちゃん、後できちんと結わいてあげるからね」

「コーセーお兄ちゃん……優哉お兄ちゃん……」

「幸星が何度でも莉奈の髪を可愛く結わいてくれるから、泣くなよ、頑張ってこい」

「頑張れ、莉奈ちゃん」

莉奈ちゃんは嬉しそうに笑顔を見せる。


「はい、頑張ります」


アナウンスが入って莉奈ちゃんは慌てて行進の列に戻る。

オレと優哉はその様子を見守っていたが、優哉が口を開く。

「アレだろ、気になる女の子に振り向いてほしくてちょっかいかけるという……莉奈に向かっての悪意とかじゃなくて」

そりゃーうちの莉奈ちゃんは可愛いですよ、ですけどね！　他に方法あるだろうよ。

「理由がなんであれオレは人に手を上げる男はダメ。それが子供だろうとダメだ。オレのトラウマが刺激されてダメだね」


自分でいまびっくりした。オレの声かよと思うぐらいには、ドスが効いてる。

優哉も驚いてオレを見ている。

「だから優哉、お前にもし、好きな子ができて意地悪とかして気を惹こうとするなら、オレ、絶対お前の飯は作らねえぞ」

自分が好きで惚れたんなら、なんでマウントとって気を惹こうとするよ。五体投地、全面降伏でいいだろうが。

惚れた相手にはどうやったってかなわないんだから。

まあ優哉は好きなヤツに嫌われるとかはないだろうけど。

ダンス玉入れは曲に合わせて振り付けして、曲の転調の時に一斉に玉入れをする低学年の競技で、参加している莉奈ちゃんをオレは動画に収めた。


そして他の競技がいくつか終わって午前の部の最終競技、低学年のリレーだ。

莉奈ちゃん頑張れ。

あーでも真崎家の運動神経の良さってほんとマジすごいな。

玉入れだって、莉奈ちゃんカゴの中にいくつか入れてたよ。まだ一年生なのに。

徒競走だってぶっちぎりだったし。

運動会のリレーってやっぱ花形だよね。

それに出ちゃえるのはすごいよ。

リレーは結局莉奈ちゃんがトップをとったが、グループは巻き返されて2位という結果。

でも、莉奈ちゃんは嬉しそうだった。


「これで運動会午前の部を終了します。午後の部は12時50分から開始されますー」

放送部の子のアナウンスが校庭に響く。

児童たちは自分の座席からそれぞれ保護者の方へ戻ってくる。

オカンが莉奈ちゃんを褒めまくっていた。

「咲子ママ〜お兄ちゃん〜」

「莉奈ちゃん！　足が速いのねえ！　ママ感動した！」

「一年の競技はこれで終了で、午後はだいたい高学年だけなんだな」

隆哉さんがプログラムを覗いて呟く。

オレはオカンとの合作弁当をビニールシートの中央に広げた。

「おお〜から揚げに卵焼き〜。ウインナーはちゃんとタコさんにしてるね、アスパラのベーコン巻きもある！」

隆哉さんはオカンのおかずを見て嬉しそうだ。

いずれも定番な感じですが、一家全員分だからそれなりの量なんですよ。

そこを褒めてくれる隆哉さんえらい。

「わーおいなりさん！」

「こっちのタッパーがゴマでこっちがワサビ、そんなに辛くないから莉奈ちゃんも大丈夫かも、お揚げが甘いからね」

オカンがみんなに割りばしを配って、「いただきます」となった。

「ゴマ入り食感がプチプチしてる〜腕を上げたわね幸星！」

「……ほんのりワサビ味になってる、すごいね、幸星君！　初挑戦なのこれで⁉」

オレは玉子焼きをほおばる。

甘めの玉子焼き……オカン……砂糖だけじゃねーな、みりんも使ってるだろ、すげえな。俺も今度優哉と隆哉さんの弁当にこれ作ってみよう。定番のおかずを美味しく作るのは基本だもんな。

「コーセーお兄ちゃん、咲子ママ、お弁当おいしい！」

莉奈ちゃんの笑顔で早朝のお弁当作成の甲斐がありました。

◆18

お弁当につけるフルーツにさくらんぼは禁止です！

「最近のブドウって、種なしで皮ごと食べられるんだねえ」

隆哉さんはプリンセスシードレスを一粒口にする。

真崎家、メイン料理をほぼほぼ片付け終わって、フルーツを食べ始めていた。

他のおうちでは、早いところはもう食べ終わって児童がふらふら遊び始めている。

「種なしブドウなんてデラウェアぐらいだったわよね」

「小さくて皮剝かなくちゃいけないのが面倒なんだけど甘くてよかったんだよねえ、子供にはさあ」

隆哉さんとオカンの言葉にオレは心の中でうんうんと頷く。

「あとちょっとするとさくらんぼの時期は終わっちゃうから買っちゃった」

優哉はさくらんぼを口にする。

「莉奈ちゃんもさくらんぼ好き？　ブドウは？」

「莉奈フルーツすきだよ。コーセーお兄ちゃんのサラダにはリンゴ入っておいしかったの」

「ほんと？」

「また作って、莉奈もお手伝いする。コーセーお兄ちゃんも食べて、あーんするの」

莉奈ちゃんはさくらんぼをオレの口に入れようとする。

オレ、トラウマ克服できるかもしれない……。

莉奈ちゃん可愛すぎるから！

こんな可愛い子供ができるなら虐待とか絶対にできないだろ。

ただなあ、この子が真崎家のＤＮＡをまるっと受け継いでるからそう思っちゃうのかも。

オレのＤＮＡだと多分、目も当てられないだろうし、またクソ親父そっくりな息子とか生まれたら可愛がれないだろうし。

「あー優哉お兄ちゃん、くきまで食べちゃうの？」

茎まで食べるのかよ……。

優哉は口をもぐもぐしてたけど、茎を取り出す。

「幸星、できる？」

オニイチャン！　何それ!!　さくらんぼの茎で堅結びとか!?

「えー、優哉お兄ちゃんすごーい！」

「コレができるといろいろいいコトが……」

できるといろいろいいコトって、お前、言うなよ？　言うなよ!?

保護者あぁぁ！　このオニイチャンを叱って！

もごもごと真似する莉奈ちゃん。

いや真似しなくていいから！　食べ物で遊んじゃダメ絶対！

「莉奈できない、咲子ママできる？」

「できないなー」

「パパは？」

「んー……」

隆哉さん、貴方できそうだよ！　なんでさくらんぼを口に入れるの？　ヤメテ！　実践しなくていいですから！

隆哉さん……食べ物で遊んじゃ……。

「こんな感じ？」

口から堅結びできた茎を取り出す。

なんとなくできるのはわかっていたから、実践しないでほしかったよおぉ。

「何それ、できるもんなの？　これができるといいコトって何？」

オカン、知らないの!?　無邪気に何を尋ねてんの!?

そうだよね、若い時に看護師目指して勉強して、そういった世間のアレコレなネタを知らないままあのクズ親父に引っかかっちゃったから知らないのか!?

「口の中を動かすから、ほうれい線予防とか唾液が出やすくなって口臭予防とか、実よりもタンニンとポリフェノールが含まれているらしいとか……」

「ほうれい線予防!?」

オカンが食いついた。まあ女性だからね。そこは気になるよね。

ああよかった……隆哉さんがまともで、そして大人で……。

「他にもあるけど、よかったらあとで教えるよ、咲子さん」


前言撤回。

隆哉さんはにっこりと爽やかに笑うけど……オレは騙されないよ！

自分の親だからあまり考えたくはなかったが、この二人、再婚同士とはいえ新婚だったよ！

リア充爆発しろ！

運動会のお弁当につけるフルーツにさくらんぼは禁止です！　オレが独断で今決めました。

来年はもっと食べやすく、コストもよく、彩りもよく、その基準で選ぶぞ。


「ＰＴＡ競技に参加する人はーお昼が終わったら入場門に集合してくださーい」


ＰＴＡの役員さんらしき人がプラカード持って、呼びかけながら校庭内を歩いていく。

「優哉、ＰＴＡ競技に出なさい」

オレが厳かに言うと、優哉はオレを見る。

「可愛い妹の為だけに、参加しろ」

純真無垢な莉奈ちゃんがいる前で、おふざけすぎるだろ。

そこは体張って競技に参加してその煩悩取り払ってこいや。

「なんで俺なの」

「オレは弁当作りました。この後も弁当箱を洗ったり、夕飯の買い出しに行きます。優哉はちゃんと父兄競技に参加してきなさい。オニイチャンのお仕事です」

真崎家のＤＮＡ見せてこいや。

「オカン、優哉のＰＴＡ競技が終わったら、運動会の競技は莉奈ちゃんの出番もないから、オレ荷物持って先に帰る。晩飯何にするか考えておいて、夕飯の買い出し行ってくる」

「いいの？　ありがとう幸星」

「莉奈はコーセーお兄ちゃんも参加してるのみたい」

は？

り、莉奈さん、今、何を仰いました？

オレは真崎家の身体能力の高さは全然ないですから無理ですよ！

優哉はオレの肩を叩く。

「可愛い妹の為に参加しようぜ」

お前への罰ゲームの提案が何故そうなるんじゃ！

結局、優哉に引きずられて参加することになってしまった……。

オレはそんなに足は速くねーぞ。

保護者の参加競技はスウェーデンリレーだ。

しかもオレのチームハンデがついたよ。

オレと優哉が一緒だからか、前に走る人が結構な年齢だったり、足が遅い感じが見てとれるような体格の方を集められた。

他のチームは若いお母様やお父様で編成されてるし！　アンカーは新任でこの春教師になりました～的な若い先生だし！

なにそれ不公平じゃないの？

オレが最初に100メートル走って優哉をアンカーにしとけばオレは目立たないとか思ってたのに。オレ第三走者になっちまったよ。

優哉は軽くストレッチしながらオレに声をかける。

「大丈夫、幸星、俺がぶっちぎるから」

そりゃーお前の身体能力は多分チート級だろうよ、もう見なくてもわかるよ。でもオレが文字通りお前の足を引っ張るっていうの！　鈍足もいいところなんだぞ。

PTAの若いお父様やお母様が、「頼んだぞー高校生ー」なんて声をかけてくる。

いや。中身は皆さんと同じなんです！

高校生の皮をかぶったおっさんですから！　逆再生前のアラサーのオレがノンストップ

300メートル走ったらまず足がもつれて転びまくるよ！

時間進行の為なのか、単純にオレの心の準備が整わないのか、サクサクと全5チームが編成されてあっという間に、第一走者が走り出した。

ちょっと、早いよ！　競技進行！　そんでもってアラサーであろう保護者の方々も足速いじゃん！

アラサーとはいえ親となった人々は、別の何かが備わってるのか!?　子供の目の前で頑張っちゃう親補正というヤツっすか!?

だけど……50メートルすぎたぐらいで順位がばらけて確定してく。自信ありまくりだろ、なんて思ってたんだけど足の遅かった人も走り終えてニコニコしてる。

ＰＴＡの役員の人か……。

オレの目の前にいる保護者の人もＰＴＡの人っぽい。腕章をしているし、腕章をしている人って同じＴシャツを着用してる。

白地にバックプリントで文章が書いてあった。

「今日一日は祐樹《むすこ》の笑顔の為に全力でがんばる親父《おれ》」

相田み○をっぽいフォントで書かれたそのＴシャツは、人によって名前の部分が「純也」だったり「真希」だったり変わっていて……。

ああ……自分のお子さんのお名前なんだ。

自信とかじゃないんだな、ニコニコ笑って手を振ってるのは、自分の子供の為なんだ。

「コーセーお兄ちゃーん！　優哉お兄ちゃーん！　がんばってー！」

莉奈ちゃんが無邪気に児童席で応援してくれてる。

ニコニコ笑って、手を振ってくれてる。

もしかして……この参加者の中にも運動が苦手だけど子供の為に参加してる人も……いるのかな……。

だとしたら、苦手だけど、オレもやるかあ……。

「だいじょーぶ、幸星なら楽勝だろー」

優哉はそんな声をかけるが、元はキミへの罰ゲームだったんですけどね！

「言っておくが、オレはスポーツ得意じゃねーんだ。お前、さっき言ったように、オレがビリでもお前が全部まくれ」

そう言って、オレは第二走者を待つ為トラックに入る。

うん。やっぱりオレと優哉のチーム、絶対ハンデ入れすぎだ。

予想通り、最下位じゃねーか。

200メートルぐらいなら差は開かないが300メートルになると顕著だよな、いま首位のチームが入れ替わった。

トップで優哉にバトンは無理だが、最下位から浮上できるように頑張ろう。

最悪、最下位でバトンを渡しても優哉ならぶっちぎりかもしれない……とか考えるとリラックスもできて、バトンを受け取って走り出した。


——逆再生して……身体が軽いとは思っていたけど……。


逆再生して起きた最初の朝、腹筋の力だけで起き上がった時の身体の軽さ。

走ってみると、それが顕著だ。最初のコーナーをまがりきったところで、最下位から二番目のチームの背中が見えた。


——もしかして目の前にいる人は……抜けるんじゃね？

だってオレの目の前を走ってる人のスピードはあまりない。

距離を詰めて直線上でまず一人抜いた。

もちろんスピードを落とさないでそのまま走り続ける。100メートル通過したところでまた前方に走る背中との距離が近い。

アラサーの身体じゃ100メートル過ぎたら絶対へばってるよ。

えー身体能力も微妙に補正が効いてるの!?

逆再生の時、やっぱりオレ神様と会った？　なんかもらった？

それともこれは単純に身体が若返ったから？

自分の身体なんだけど、15年も違うとこうも違うの!?

なんでもいいや、オレ走るの苦手だし、運動会ではいつもビリだったし、華々しいリレーの選手なんて当然なったこともない。

それがこの状況ですよ。これはもう、調子にのっちゃってもいいんじゃね？


「いいぞ！　幸星そのままこっちよこせ！」


バトンタッチまであと20メートルのところで団子状態になった。

オレが優哉にバトンを渡すと、優哉は走り出す。

優哉、ガチで走ってるとマジすげえ！　速いよ！

団子状態のバトン受け渡しの後、走者が一斉に走り出す。頭一つ抜けたと思ったら、あいつの周りだけもうなんか空気の流れが違う。

小学校の運動会で足が速いクラスの男子なんてヒーローだろ。

優哉、今、まさにそれだから！

これはモテるわ、呪術的なチョコを渡されるの納得だわ。


「ぶっちぎりじゃねーか」

２００メートル地点で三位に食い込んだ。ここまできたら一位狙えるだろ、お前なら！

「優哉ー!!　負けたらお前の晩飯の品数減らすぞー！」


オレが叫んだらそれが聞こえたのか、昔アニメの再放送で見た加速装置持ってるサイボーグ戦士かよ？な走りっぷりだ。

ゴール前80メートルほどで二位についた。もう捕らえたも同然だろ。

直線コースでゴールラインを見据えて優哉は宣言通り前を走ってる走者をぶっちぎった。

黄色い歓声が校庭中に広がったこともここにお知らせしておきます。

19 コーセーお兄ちゃんの手は魔法の手(莉奈視点)

「ねえねえ、五、六年生の人たちが騒いでいたのって、あの二人じゃない?」

「誰のお兄さんなのかなー」

運動会のため、教室で使っている椅子を校庭に運ぶと、同じクラスで仲良しのみほちゃんとかすみちゃんが保護者席の方を振り向いている。

二人の見ている方向を見てみたら、優哉お兄ちゃんとコーセーお兄ちゃんがいた。

「……あれは……うちの優哉お兄ちゃんとコーセーお兄ちゃんです」

莉奈がそう言うと、二人とも莉奈を見る。

「え!?」

「うちのお兄ちゃんたちです」

「ええー! 莉奈ちゃんのお兄さんたちなの!?」

「五、六年生の人たちは……なんて言ってたの?」

ちょっと気になるな。

なんて言われてるのかな?

でも優哉お兄ちゃんならだいたい莉奈にも想像ついちゃうけど。

「カッコイイ人がいるーって」

「うんうん。えっとねJ系アイドルよりもカッコイイって」

うん。多分カッコイイって騒がれてるのは優哉お兄ちゃんだよね。

でも莉奈はどっちもカッコイイと思うんだけどな。

優哉お兄ちゃんはすごーく頭良くて、スポーツも万能で、都内でも有名な公立の進学校に通ってるし、女の子が見た感じは確かにモテモテかもだけど、コーセーお兄ちゃんだって負けてないんだよ。

コーセーお兄ちゃんは見た目はかわいいけど、優哉お兄ちゃんよりもしっかりしてるし、いろんなことができるんだから。

コーセーお兄ちゃんが通ってる高校だって、優哉お兄ちゃんよりも有名じゃないけど、でも割と進学校だって聞いたもん。

コーセーお兄ちゃんの通ってる学校は、都内生徒最大数で、一学年300名以上もいるのに、この間のテストで50位以内に入っていたらしいんだよ。

だから、頭もいいよ。

莉奈も、コーセーお兄ちゃんが通っている高校には入れるように頑張らないとね。優哉お兄ちゃんの学校は難しそうでお勉強ばっかりなイメージだけど、コーセーお兄ちゃんの学校はなんか自由な感じがするから、そっちがいいな。

それにね、コーセーお兄ちゃんはすごーく優しいし、器用だし、おうちのことをたくさんやってくれるんだよ。優哉お兄ちゃんはお料理できないけど、コーセーお兄ちゃんは咲子ママと同じぐらいお料理上手で、今日のお弁当だって咲子ママと作ってくれたんだよ。

莉奈の髪もお団子にしてくれたのはコーセーお兄ちゃんだし。

もうたくさん自慢したいけど、きっと優哉お兄ちゃんのことをカッコイイって言ってる五、六年生の人たちには、伝わらないかも……。

「莉奈ちゃん、今日はお団子にしてるんだねーいいなー」

「これはコーセーお兄ちゃんが結ってくれたの」

「え？　カッコイイお兄ちゃん？」

「ううん、カッコイイってみんなが言ってるお兄ちゃんは優哉お兄ちゃんなの。優哉お兄ちゃんの隣にいるのがコーセーお兄ちゃんなの」

「イケメンって感じじゃないけど、優しそうだね」

かすみちゃん！　わかってくれるのね！

「すごーく優しいよ！　莉奈も優哉お兄ちゃんも、コーセーお兄ちゃんのことすごいって思ってるの。お料理作るの上手でね、今日のお弁当もママと一緒に作ってくれたの！」

「いいなーあたしとおねーちゃんなんてわりとケンカばっかするよー」

みほちゃんのお姉ちゃんは三年生だ。

うちのお兄ちゃんたちは高校生だから、莉奈相手にケンカとかしない。

もしもケンカっぽくなったら、コーセーお兄ちゃんは莉奈とお話してくれなくなっちゃうと思うから、それはヤなの。

莉奈はパパと咲子ママと優哉お兄ちゃんとコーセーお兄ちゃんと仲良しでいたいもん。
けど……莉奈もしかして、コーセーお兄ちゃんを困らせちゃったのかもしれないの。

「莉奈はコーセーお兄ちゃんも参加してるのみたい」

お弁当を食べ終わる頃、コーセーお兄ちゃんが、優哉お兄ちゃんにPTA競技に参加しろって言ってたんだけど、莉奈はコーセーお兄ちゃんにも参加してほしかったの。
だって、莉奈のお兄ちゃんは二人ともすごくカッコイイんだよって、みほちゃんや、かすみちゃんだけじゃなくて、みんなにも自慢したかったんだもん。
優哉お兄ちゃんは嬉しそうにコーセーお兄ちゃんを引っ張っていっちゃったけど、コーセーお兄ちゃんはちょっと困った顔をしていたから、莉奈わがまま言っちゃったかな……。

「莉奈、余計なこと言っちゃった？」

咲子ママとパパに訊いてみると、咲子ママはニコニコ笑ってる。

「幸星は、運動苦手なところがあるからね。でも、逃げ足は速いから、意外と大丈夫かもしれないわね」

「逃げ足……」

パパが呟く。

「空気を読んでその場を去るみたいな逃げ足もあるにはあるけどそれよりも、実際に危険を察知して逃げる方の逃げ足かな」

「きけんをさっち？」

どういうこと？

パパはなんとなくわかってるのかな……なんか心配そうなお顔になったみたいだけど。

「莉奈は幸星君に頑張れって応援してあげないと。莉奈が言ったから、ちゃんと参加してくれるんだよ」

パパもコーセーお兄ちゃんが心配なのね。

「うん！　わかった！　莉奈応援する！」

スウェーデンリレーに参加してくれたコーセーお兄ちゃんは、運動が苦手と咲子ママから聞いていたけど、全然、違った！

ものすごく足速かったよ！　お兄ちゃん達のチームは一番最下位だったけど、コーセーお兄ちゃんが二人も抜いたの！　速かったよ！　かっこよかったよ！

コーセーお兄ちゃんが一人目を抜くとき、みんながわーわー言ってたの！

リレーの時は順位が変わるとみんな声をあげるもんね。

二人目の時も抜く直前にみんなも「がんばれー」って声をかけてくれてたんだよ！

ゴール前で走ってる人がいっぱいになったけど、バトンの受け渡しだって、お兄ちゃん達は上手だったもん。

優哉お兄ちゃんが走ると、女の子のキャーキャーって騒ぐ声が大きくて、一位でゴールした時、ちょっとうるさいくらいでした。

「パパ、こんどの土曜日、みほちゃんとかすみちゃんと莉奈のおうちで、学校のしゅくだいをしてもいいですか？」

いま学校で、かべしんぶんを作ってます。

運動会が終わって一日お休みした次の日、パパにお願いした。

みんなノート二冊分並べたぐらいの大きさの紙を配られて、それに一学期にあったことを書くそうです。お絵描きもしてもいいけど、ちゃんと行事のことも文字で書くんだって。それを班の紙に貼り付けて新聞みたいになります。廊下や教室の後ろに貼るみたいです。

「いいよーでも咲子さんはお仕事お休みかな……」

「いや、オカンは日勤ですよ、隆哉さん。オレも学校。でも午前授業だから、お昼過ぎ午後からだったら簡単なおやつも作れますよ」

「ありがとう幸星君、でも無理しなくてもいいんだよ、予定が入ればそっちに行ってくれても大丈夫、市販のお菓子を普通に用意できるし」

パパは普通に土曜日はお仕事お休みだもんね。

「バイトでも入ってたら難しいですけど、それもないですし」

「幸星君バイトしたいんだ」

「いろいろ行きたい場所もあって」

「え？　旅行!?」

「まさか、普通に気になる博物館とか美術展とかあと映画はアニメ」

コーセーお兄ちゃんアニメ映画みたいんだ……莉奈もみたいな。

「博物館!?」

パパは映画よりも博物館が気になるのね。

博物館ってなんだろう。面白いところなのかな。

「えーとね、博物館系は都内で無料のところとかワンコイン以内の入館料のところはピックアップしてて、あとは交通費ぐらいなんですが。まー博物館系は比較的安いけど、映画と美術展がそれなりなんで」

「意外〜。気が向いたら僕も休みで暇そうにしてたら誘ってよ、面白そうだ」

よくわからないけどパパが言うなら面白そう！　莉奈も行きたい！　楽しそう！

「いまどこから行くか調べてるから、莉奈ちゃん待っててね」

「莉奈も一緒!?」

「え、一緒に行かない？」

「行きたい！　コーセーお兄ちゃん大好きー！」

莉奈がコーセーお兄ちゃんに飛びつくと、お兄ちゃんは嬉しそうだった。


土曜日、午後からみほちゃんとかすみちゃんが莉奈のおうちにきた。

玄関のドアを開けると、二人とも並んで声を揃えて挨拶してくれた。

「おじゃましまーす」

「いらっしゃーい、莉奈のお部屋でやる？」

「うん」

「コーセーお兄ちゃん、パパ、莉奈のお部屋でしゅくだいしてるね！」

パパはタブレット持ってリビングで何かお仕事してるみたいだから莉奈のお部屋でやること

にした。

「莉奈ちゃんのおうち広いね」

「家族が多いからだよ。パパがリビングでお仕事してるみたいだから莉奈のお部屋でしゅくだいやろうね」

「莉奈ちゃん、このテーブル使う？」

コーセーお兄ちゃんが納戸からテーブルを引っ張り出してくれた。

「わー！　ありがとうコーセーお兄ちゃん」

「冬用のこたつで長方形のサイズだから、これならみんなで一緒に新聞作れるよね」

天板に足を組み立ててくれて、天板を拭いてくれた。

「ありがとうございます」

「ありがとうございます」

みほちゃんとかすみちゃんも嬉しそう。

リビングのテーブルと同じぐらいの大きさだからお部屋の中で組み立てると、お部屋がちょっぴり狭くなった。

でも、折りたたみテーブルよりこっちの方がみんなでできるね！

お兄ちゃんはテーブルを組み立ててくれると、キッチンの方へ戻って行った。

なんかお料理してるっぽかったから、もしかしておやつ手作りかも！

「あ、いまジュース持ってくるからね」

「はい」

お兄ちゃん、用意していてくれたみたい。

すぐにオレンジジュース持ってきてくれて、また部屋を出てっちゃった。

コーセーお兄ちゃんがお部屋から出ていくと、みほちゃんとかすみちゃんは学校で配られた紙とか色鉛筆とクーピーをカバンから取り出した。

「莉奈ちゃん、ママはもしかしてお仕事なの？」

「そうだよ、でもお兄ちゃんがいるから大丈夫。優哉お兄ちゃんが言うには、コーセーお兄ちゃんは主夫だから。ねえねえ、なんの行事にする？　運動会？　遠足？」

「遠足もたのしかったよねー」

莉奈も初めての遠足楽しかった。でも、ゆはらくんが莉奈の髪引っ張って痛かったし。お団子にした運動会だって、お団子ヘアーをぐちゃぐちゃにしたし。

みほちゃんとかすみちゃんが、かばってくれなかったら莉奈泣いてたよ。

「莉奈は運動会にするー」

「莉奈ちゃんのお兄ちゃんたちかっこよかったもんね」

「だって遠足はゆはらくんが莉奈の髪をぐちゃぐちゃにしたし、運動会はコーセーお兄ちゃんがいたから、お団子ヘアーも無事だったもん」

「あー……ゆはらくん～」

「ともやのやつねーあいつほんと莉奈ちゃんにひどいことするよねー」

「こんど、ひどいことされたら帰りの会で言っちゃえ」

「でもあいつ、日直が『これからはやめてください』って注意して、その場で『はい』っていうかもだけど、ぜったいやめないよね！」

鉛筆で下書きしながら、しゅくだいをすすめる。

「あたしはやっぱり遠足かなー。パンダかわいかったし」

遠足は上野動物園に行ったんだよね。

「かすみちゃん動物好きだもんね」

「トラとかもかっこよかった。うちは猫がいるからライオンとかトラとか同じ猫の仲間なんだよね」

「うんうん」


一学期の学校行事についていろいろ書いてしばらくすると、ドアがノックされた。

「お勉強すすんでますかー？　おやつだよー」

コーセーお兄ちゃんがトレイになんか乗せてもってきてくれた。

「今日のおやつはバナナパウンドケーキです」

「わー！」

「こっちの方がお土産です、時間を置いた方がしっとりするんだって」

「ありがとうございます！」

「ありがとうございます！」

「じゃ、続き頑張ってねー」

お兄ちゃんはおやつをおいていくと、すぐに部屋を出て行った。

ドアを開けた時に、玄関の方から「ただいまー」って優哉お兄ちゃんの声がした。

「もう一人のお兄ちゃんはお外に行ってたの？」

「部活なんだって」

「そうなんだー」

ドアが閉まってるけど、廊下の方から声がする。

「優哉、おやつはバナナパウンドケーキ、今焼きたて」

「幸星ー！　お前マジで神ー！」

その会話がみほちゃんたちにも聞こえてたみたいだった。

「莉奈ちゃんのところって、お兄ちゃん同士も仲良し？」

みほちゃんが羨ましそうに尋ねる。

お兄ちゃん達と莉奈がケンカしないのは年が離れているからかなって思ってる。

けど、コーセーお兄ちゃんと優哉お兄ちゃんも同じ年なのに、ケンカしないよ。

お友達同士みたいな感じがするの。

優哉お兄ちゃんなんてパパより少し背が高いし大人みたいな身体だから、クラスの男子が
やってるようなケンカとかはしないと思うんだ。

もしあんなケンカしてたらおうち壊れちゃう。

それにコーセーお兄ちゃんが「優哉のゴハン作らない自分でやりなさい」とか言った場合は、優哉お兄ちゃん絶対勝てないもんね。

見た目は優哉お兄ちゃんのほうが強そうで、なんでもできそうだけど、コーセーお兄ちゃんはそういう意味なら強いと思うんだ。

そして実はなんでもできるのはコーセーお兄ちゃんのほうだったりするんだよね。

「多分、仲良し」

かすみちゃんがパウンドケーキを一口食べると、目をキラキラさせた。

「莉奈ちゃん！　パウンドケーキ、おいしい！　何コレ!!　手作り!?　さっきのお兄さんが作ってくれたの!?　みほちゃんも食べてみなよ」

「ほんとだ！　おいしい！　バナナの味がするー！」

あとでコーセーお兄ちゃんに訊いたけど、このパウンドケーキにはヨーグルトも混ぜていたんだって。

「莉奈ちゃんの髪もくるくるお団子にしてくれるし、おやつもつくれるし、すごいね！」

「いいなーみほもお姉ちゃんじゃなくてお兄ちゃんがよかったよー」

莉奈はちょっと自慢してもいいかな。

「コーセーお兄ちゃんは、なんでもできる魔法の手を持ってる気がするの！」

莉奈はそんなコーセーお兄ちゃんが大好きです！

20 体育祭準備、スイッチ入ったらやる時はやる子よ？

一学期の間だけでいいと逆再生前に言ってた後輩の言葉。

体育祭実行委員はその仕事の期間は短いが、内容は濃いと実感する。

各学年において応援フラッグの作成をクラスの生徒に依頼したり、プログラムの編制もそうだし、生徒会やＰＴＡとのつなぎもやらなければならない。

クラスでリレーの競技者を選抜させるだけじゃなかったよ！

体育祭まで一か月を切ったころから慌ただしく、放課後も残ることが多かった。

それでもオカンが夜勤の時は免除してくれたから、ブラック企業とは違うな。

ただ、学校終わって料理したり莉奈ちゃんとゲームしたりする時間が減ってしまったよ。

なによりも、オレの心を重くするのは、クラスの演目練習がおろそかになっていること。

オレの性格上、教壇の前に立って何か言うのは苦手なのよ……。

陰キャコミュ障ボッチの弊害がここに……。

いやいや、それだけじゃないですよ。あいつらどーまとめればいいの？

一学年スクールカースト最上位女子。

対立するように、大人しめ真面目、お勉強できます系女子。

男子は男子でキクタンはじめ結構フリーダムな感じ。

そんなカオスなクラスで実行委員とか……逆再生したからってコミュ力上がってるわけでもねーだろオレ。

そして今時の高校生、自由すぎるだろ。

富原委員長……スゲーな……これを常時まとめてるってちょっと尊敬。

そんなある日、オレはオカンから聞かされた。


「え……再来週の土曜日が莉奈ちゃんの授業参観？」


莉奈ちゃんの授業参観のお知らせです。

ちょっと待てよ、オレもその日、土曜授業が入ってる日じゃねーか……。そんでもって放課後委員会の用事で手弁当持ちで居残りだよ！

あといまどきの小学生、本当に行事みっちりだな。


「オカン……是非莉奈ちゃんの様子を撮影してオレのスマホに送ってて……」

「それがねえ、お知らせにはビデオの撮影禁止って書いてあるの」


ああああああ、なんだよ、それ、ひどい。おじいちゃんおばあちゃんに一年生になった孫の授業風景を撮影して送ることすら禁止ってことかよおおおぉ！

それもこれも児童の安全を守るため学校側のセキュリティっていうんだけどさ。

しかもこの日は土曜日だけど給食が出て、莉奈ちゃんは給食当番というじゃないですか！

ちっちゃい莉奈ちゃんが給食当番の白衣着て白いお帽子被ってる姿、見たいじゃないですかああ！

もうオレのSAN値ゼロですよ。

自室に戻ってフテ寝してたら莉奈ちゃんが起こしてくれたんだけど……。

「コーセーお兄ちゃんおつかれなの？」

「莉奈ちゃん～～ちょっとお疲れかも～～」

「えっとね、莉奈ね、コーセーお兄ちゃんに相談があるの」

「な、何かな？」

「パパの日にパパへ贈り物したいの」

……6月、暦の上では祭日なんかありませんが、イベント意外と多くね？

「ケーキに『パパありがとう』の文字をいれたいの」

隆哉さん……付き合いで酒もたしなむが、マジたしなむ程度で宅飲みなんてビール350ml缶一本で終了する人です。

スイーツも出せば食べる人。

「ケーキか……わかった。一緒に作れるヤツ考えておくね」

「うん！　咲子ママがね、ごはんですよーってお兄ちゃんをおこしてきてくださいって」

「うん、ありがとね、莉奈ちゃん……オレ、莉奈ちゃんの授業参観に行きたかったよ」

「莉奈のじゅぎょうさんかん、見たかったの？」

「うん。給食当番で白衣とお帽子被った莉奈ちゃん見たかった……ちっちゃい一年生の莉奈ちゃんは今だけなんだよ」

「うーん……よくわからないけど、莉奈わかった！」

「？」

莉奈ちゃんがオレの部屋から出ていくと洗面所の方へパタパタと走り出す音がした。

ああ、オカンを手伝わないとな。

オレは自分の部屋を出てリビングのドアを開けてキッチンへ向かう。

今日はサバみそ……和食だ。イカと里芋の煮物とほうれん草の胡麻和え。玉ねぎと揚げのみそ汁。

イカを捌きたかった……。なんか魚介料理って男の料理っぽくてかっこいいじゃん。今度やろう……今日はゴメンねオカン。後片付けはするからね。

だが、そんなオレにご褒美ありましたよ！

「莉奈ーどうしたー、そんなの着て」

優哉がリビングに現れた莉奈ちゃんを見てそう言った。

オレは莉奈ちゃんを見て、ダイニングテーブルに両手をついて勢いよく立ち上がる。

「莉奈のクラスは人数少ないからすぐに給食当番まわってくるの、今週は給食当番だったの、コーセーお兄ちゃんが莉奈の白衣が見たいって言ったから着てみたの！」

莉奈ちゃんの説明の間、もちろんスマホで撮影しまくりましたとも！

可愛い〜。

「コーセーお兄ちゃん、席についてください」

いやいや、もうちょっと！　もうちょっと撮影させて、今度は動画で！

お茶碗持ってね！　そうそう！

オカンはオレを窘めるどころか一緒になって撮影始めた。

「咲子さん……」

優哉がやや呆れ気味の声を出しているが、お前、この可愛さがわからんのかああ！

「だって、優哉君！　割烹着を着てお帽子被っての写真、授業参観じゃ撮影できないのよ!?

撮影禁止なの！　レアなの！」

「そう！　レアなの！」

オレも叫ぶ。あ〜眼福〜。

隆哉さんにも送っちゃおう。白衣着た莉奈ちゃんの写真を家族のグループラ○ンに流し、

「ぱぱ、きょうのばんごはんは、さばみそです」のコメントもつけてやる。

隆哉さん帰宅途中なのか、すげえいっぱいスタンプよこしてきたよ！

「あとね、コーセーお兄ちゃんの運動会がんばってね！」

あ〜〜癒された〜〜。


週明け月曜日。

オレは洗顔後、パンパンと両手で自分の頬を叩く。

学校行事系のイベントがどんなもんじゃー！

スクールカースト最上位ＪＫがなんぼのもんじゃあああ！

こちとら元アラサーで取引先クレーム対応やサビ残もやってたこともあるんじゃー！　やってやらあああ！

逆再生前、ガチで高校生の頃におぎゃあと生まれた奴等ばっかりだろうが、ビビッてどうする。そういうことだよな！


「ザッキーの気迫が怖い。先週までグダグダ言ってたのに……なんだその変化」

キクタンが呟く。

「オレにクラスを煽動させて大縄跳びの練習させるとか、体育祭実行委員の仕事を何気に振られてる」

いいや、違うよ？　煽動させてとか言うなよ？　言葉を選ぼうか。

「キクタン、大縄跳びはこの学校の伝統じゃなかったのか？」

「伝統らしいです。オレを使うのはまだいい……クラスの女子のヤル気が怖い。あのザ・ＪＫ集団といっていいダンス部がクラスの連中に声かけ練習するとか……お前、兄貴を売っただろ！」

人聞きの悪いことを言うなよ。

莉奈ちゃんの白衣を撮ってた時に振り向いて、優哉が苦笑してるところをパシャリとしただけですよ。

まず、そいつを例のカーストトップの女子にちらつかせた。


「渡瀬《わたせ》さーん、体育祭のことなんだけどー」

「あー？　なーにー？」

「渡瀬さんダンス部でしょ？　集団ダンスのフリを放課後とかにみんなにも教えてほしいんだよね。体育祭も近いし」

「えー体育の時間だけでいーじゃーん」

「まあまあ、それで一発で覚えられるとは思えないからさー」

「あたしら、放課後いろいろ予定があるんだけどー」

「そうだよねえ、でもさーお願い！」

「真崎が合コン組んでくれんの？　例の成峰の男子とか」

「いやー合コンはセッティングできないけど、コレならどうよ」

「何それ！　成峰の例のイケメンの写真じゃん！　私服じゃん！」

「激レアですよ。協力してくれるなら、この画像を……」

「うーん、でも〜それだけじゃ〜」

「夏休み明けの文英祭に、来るように誘ってみるけど？」

「マジ？」

「マジマジ」


お代官様のお好きな金のお菓子でございます。越後屋〜お主も悪よの〜うぃえいえ、お代官様には敵ぃますまい……的なやりとりを、ちょーっとやっただけですとも。

ちなみに優哉はオレが屋台系やるなら絶対行くと公言しているから大丈夫。

ダンス部女子はスクールカースト上位女子が占めてるからな。そこが練習するから居残れよと鶴の一声を上げてくれれば、みんなその気になるというもの。

オレがただクラス全員に通達しても、グダグダで終わってしまう可能性が高いのは最初からわかっていた。

餌が必要だっただけだ。

もちろん優哉の許可は取っている。オレがやってることなんて可愛いものだ。恐ろしいことに、あいつの場合は、すでに無断で撮影されて無断でSNSに拡散されてる可能性があるイケメンだからな。いや拡散されてるだろアレ。

ともかく、体育祭の為に練習～準備～と取り掛かってしまえば、あとは目的すら忘れて学校行事に取り組んじゃうだろ、途中でだらけねえよ。基本的にこの学校に入る子はそういう傾向があるからな。

「真崎君って……可愛い系の顔してて意外と腹黒？」

そこの腐女子。可愛い系の顔とか腹黒とか、オレにとっては誉め言葉ではないよ……。

「やだなあ、草野さん、草野さんだって期待してるでしょ」

「イケメンは至宝です」

「だろ？」

「渾身の一枚を描かせていただきます。イケメンの為だけに！　遥香は衣裳をよろしくね！」

ブレねーな草野さん……。草野さんはじめ、サブカルチャー好きなヤツや漫研部員にクラスフラッグを任せ、準備を着々と進める。

「水島先生、衣裳担当よろしくお願いします」

オレはちゃんとみんなにお願いしてるよ？　今水島さんに声かけたみたいに。

キクタンの発言は誤解だよ？

水島さんも手先の器用さを見込んで衣裳作りで戸惑ってる子に声をかけて、当日まで仕上がるように促してもらってる。

もちろん、ダンス部の女子が衣裳作りを丸投げしないように目を光らせてますけどね。

そしてクラス全員にフリを教えるのもちゃんと見てますよ。

「真崎君、何人か衣裳作り間に合わない子がでるかも……おうちにミシンない子が……」

「OKわかった、ちょっと交渉してくる」

オレは職員室に走って、家庭科の先生に被服室の空きとミシンの使用許可をもぎとって、その場でクラスラ○ンに流す。

よっしゃ、最初はどーなるかと思っていたが、リーダーポジションを決めて声かけしてもらったら、それなりに準備をクラスで進めてくれるようになってきたぞ。

そもそも、この学校に入れる時点で、持ってるポテンシャルは高い奴ばっかりだろ、あとは当日だな！

◆21 体育祭です。

梅雨時でしたが、体育祭当日は晴れでした。

本部や来賓席のテント張り、保護者や来賓の受付のセッティング。各クラスのフラッグを張ったり、得点板の設置やトラックのライン引き、進行のチェック等々、実行委員で割り振られたメンバーで当日の準備を行う。

こういうところは、実行委員長をはじめ、二、三年の指示によって動けばいいので楽だね。

グラウンドに生徒達が椅子を持ち込むようにアナウンスがあり、そうなるともう開会式。

体育祭が始まった。

開会式
クラス対抗リレー（二年）
大縄跳び（一年）
部活対抗リレー
長距離走（選抜）
クラス対抗リレー（一年）
借り物競争（二年）

昼休憩
集団ダンス
クラス対抗リレー（三年）
ＰＴＡ教職員競技（綱引き）
学年対抗リレー（選抜）
騎馬戦（三年）
スウェーデンリレー（選抜）
閉会式

こんな感じなプログラムです。改めて見ると走るなあ……って感じだ。

この間観に行った莉奈ちゃんの小学校の校庭と違って、グラウンドも広い。

組体操や集団行動がないところが比較的自由な校風と合っているんだけどさー。

その代わり創作ダンスが午後の部トップの演目になってる。

学年全体で３グループに分けられて、仮装とかもして衣裳も合わせて、保護者にどのグループのダンスがよかったかその場で投票もしてもらう。アニソン、洋楽、Ｊｐｏｐに合わせてダンス部が各々振りを考えて各グループに教えていたのを披露するわけです。

で、オレは開会式前からＰＴＡ来賓受付の為、校舎正面玄関に待機でした。

開会式中も保護者くるからね。

ていうか、このポジション、めっちゃ落ち着く……。校舎を間に挟んで、アナウンスが少し抑えめで聞こえるし、オレ、このまま一日ここでいいかもしれない。

とか思ってたらすぐに交代ですよ！

「一学年の大縄跳び開始だから」

「……はい」

「それと、一年は受付午後にしようって変更があったから」

「え……」

「午前中の方が一年二年の競技が集中してるでしょ？」

いやいやいや、プログラム組んだ時点でそれはわかってたことじゃないの？

当日の係とかって、あらかじめそういうことを加味して決めるもんじゃないのか？

なんでその変更が今なの？

そういうことも把握して決定したんじゃなかったのか？

ああ……まあしょせんは高校生だもんな……うん……了解しました。

ただ、キクタンの要素が少しでもオレにあったら「嫌だーオレここにいるんだーここがいいんだー」と椅子と机にしがみついてるかもしれない……。

いくら高校生に見た目が逆再生してるからって、オレ、アラサーだったんだし、そこまで大人気ないことはしませんよ。

しぶしぶ校庭に戻りました。

大縄跳びはそこそこの順位で終わり、部活対抗リレーに変わる。

キクタンが出るらしい。

キクタン、サッカー部でも瞬足だっていうからなー、先輩が推したんだろうね。

それぞれの部活の道具、サッカー部ならサッカーボール、野球部ならグローブをバトン代わりにするんだと。野球部はバットじゃないのかと思ったんだけど、長さがあるものがバトンになるのはどうにも不利が生じるとかで、グローブ。剣道部だったら竹刀じゃなくて面だったりするわけです。

サッカー部はボール蹴りながらじゃないのかと思ったんだけど、進路妨害になるからそれはしないいんだって。

そんな部活対抗リレーに出てるキクタンの応援をクラスのみんながしていた。

キクタンはクラス内でもムードメーカーだから人気者だ。

そんなキクタン、バトン渡しの時、大コケした。

どこのお笑い芸人かと思うぐらいのこけっぷりだった。

最初はみんな「キクタン〜やらかす〜」とか言って笑っていたけど、立ち上がった時のキクタン腿から脛まで流血してる？

遠目に見てもわかる。

実行委員の係が付き添って医務テントの方へキクタン退場。

「ちょ、オレ行くわ」

委員長にそう言うと、委員長も付いてくる。

キクタン大丈夫か？

医務テントに行くと、女子に囲まれて「大丈夫～？」「わ～すごいすりむいてる～」とか声をかけられててまんざらでもなさそうなキクタンがいた。

お前……ソレ痛いんじゃねーのかよ。オレの心配を返せ。

ちなみに、水島さん。保健委員でこの時間帯の担当だった為にキクタンの治療をしていた。

「ザッキー、トミー！　心配してきてくれたの!?」

「心配するほどでもないから戻るか、真崎」

委員長の言う通りだな。

「うん」

オレと委員長が立ち去ろうとしたら、キクタンがわーわーと喚く。

「やだ、待って、痛いの！　優しくして！　友情が沁みるの！」

委員長がキクタンの背後をホールドしてオレに言う。

「真崎、沁みるほど消毒薬をキクタンの傷に振りかけてやれ」

「サー・イエス・サー」

「ぎゃー！　やめて！　水島さーん！　たーすけてー」

やかましいわ、この男。

クラス一の美少女ＪＫの手当てなんて１００万年早いわ。

水島さんはオロオロしてオレ達のやりとりを見てる。

「待って、ちょっとふざけました！　ねえそれよりザッキー。クラスリレーのアンカー辞退させて、これじゃダメ」

最後の方はまともなことを言いだすので、オレは頷く。

まあなあ、体育祭のコレが響いて今後の部活に支障が出てもなあ……。

「ザッキーとチェンジして」

……はい？

キクタン、お前、何を言ってるの？　そこはクラスの中でキクタンの次にタイムのいい奴をアンカーにするべきだろ。

「委員長、キクタンの次にタイムがいいのは？」

「佐伯かな？」

「佐伯とキクタンがチェンジすりゃいいだろ」

「なんで!?　そこは友情に燃えるところじゃないの!?　そういうの水島さん好きだよね!?」

何言っちゃってんだよ。水島さんに話を振るなよ。困っちゃうでしょーが。

「莉奈ちゃんの運動会のお話聞いたら、ちょっと見てみたいなって思いますけど」

「ほら！　水島さんだってザッキーのちょっといいとこ見てみたいって言ってんじゃん！」

飲み会の一気コールみたいなセリフ言うな、キクタン。

「佐伯はなーラストのスウェーデンにも出るしー選抜リレーにも出るだろ、キクタンの代わりにアンカーにしたらちょっとアレじゃね？」

委員長の言葉に、そりゃー佐伯に負担かかりすぎだなと思った。

クラス対抗なら、キクタンの代わりやっても、まあキクタン負傷だから仕方ないと思ってくれるか……。

「しょうがねーな……やってもいいけど勝てないぞ。いいな」

「わーん、ザッキー心の友よー！」

お前はジャ◯アンかよ……。

次は長距離選抜だからその間、ここのテントで休むように言って、オレと委員長はクラスに戻ることにした。


逆再生してから、走ってばっかな気がするぞ、とくにこういう体育祭系。優哉を罰ゲームで走らせようとしたからか？

クラスのみんなにキクタンとオレが順番チェンジすると言うと、意見言うヤツはいなかった。

みんな「キクタンがそう言うならなー真崎ーがんばれー」ぐらいで後はダンスの振りを熱心に

反復練習してるやつとか雑談してるやつがほとんどだ。高校生〜自由過ぎる〜……。

逆再生前の15の頃だったら、「お前が走っても勝てねーだろーが」と怒号があがるんじゃないかとビクビクするところだ。みんな結構自由な感じだと、あの頃のオレだったらそういう周囲を見ることとかもできなかったろうな。学校行事っていうイベントだけでテンションダウンだし。

とにかくクラス対抗リレー。負傷の為、オレと順番をチェンジしたキクタンはそれでも瞬足だった。

「あいつアンカーで走らせても問題なかったんじゃね？」

オレがぶつぶつ言ってると佐伯がまあまあとオレの肩を叩く。

「なあ佐伯、オレ足そんなに速くないから、よろしくな」

「えー真崎速いだろースポーツ測定の時、結構速かったべ。むしろなんで運動系のクラブに入ってないのっていうレベル？」

「家庭の事情で入ってない」

「そっかー」

「あーやだやだ。緊張するー」

「大丈夫だよ、俺等の競技はそんなに注目されないから、むしろ次の二年の借り物競争が体育祭午前のメインだから」

確かに借り物競争の言葉が飛び交うんだけど、アレ何かあるの？

「あれ、告白大会に変わるから」

「へ？」

佐伯が言うには、借り物カードに告白したい人とか、好きな人とか気になる人とかそういうカードが混ざっていて、その場で告白大会になるらしい。

「ちょっと待てそれ公開処刑じゃねーか」

「だからそっちに注目があるから、一年のクラス対抗リレーなんてたいしたことないらしいよ」

プレッシャー感じなくなったのは救いだが、オレは二年の席の方へ視線を向ける。

なんで佐伯がそんなことを知ってるのかといえば、佐伯、陸上部で先輩からそういう話を聞かされたからだそうな。

佐伯はニヤニヤしながらオレを見て、とんでもないことを付け加えた。

「水島さんなんかは注目度高いから〜ひっぱりだされて走らされるんじゃね？」

ちょ、水島さあああああん!!

◆22 とんでもないです、借り物競争

クラス対抗リレーがスタート。そこそこの順位についたうちのB組です。

1学年9クラスあるからね。上位にいるだけでもすごいわー、うちのクラス脳筋多いの？

男子運動部の子が多いのかな。女子もなかなか足が速かったり？

そんな中でアンカーとかねーだろ。

佐伯がまた足が速くて、あいつ一位を抜いたんだよね。トップでオレにバトン回してくるとかさあ。

アンカーが出そろうところで、キクタンが声をかけてくる。

「ザッキー、抜かせるなーいいかートップで走れよー水島さんの為に！」

「はあ!?」

キクタン、お前、またナニ謎発言かましてくれちゃってんの!?

水島さんが女子に囲まれて質問攻めになってない!?

お前がアンカー走れよ！

オレが言い返す前に佐伯はすでに最後のコーナー回ってきてるから、なんも言い返せない

し！　お前、このタイミング狙ってヘンなこと言うな！

バトンを受け取ったらとにかくダッシュで走り出した。他のクラスもアンカー速い奴を揃えてるから、背後からプレッシャー感じるけど。

とにかくキクタン、お前、ふざけんなよ、戻ったらただじゃおかねえ。

ギリギリながらも一位でゴールしたよ！

だが。

キークーターンー!!　許すまじ！


「愛の力だね！」


オレがゴールから戻ったら、真っ先にそんなことを言うキクタン。オレはキクタンの足に巻かれた包帯に落書きしまくった。

「ちょっとザッキーが落書きしたら他の子も真似するだろ!?」

「やかましいわ！　その傷をつねり上げないだけ優しいと思え！」

一位で何よりでしたけれどね！

「ほんとお前、水島さんに失礼だろ！　オレはどーでも、水島さんに謝れ！」

「真崎、真崎、そのぐらいで」

委員長と佐伯がオレとキクタンの間に入って止める。

なんで止めるの、このお調子坊主にはもっときつく言い聞かせないとダメだろ？

「そうだよ～。あたし的には、真崎君×菊田君でもいいんだけど、この後を考えたら、こうしておいた方が遥香はいいかもしれないし～」

腐女子、お前も何言ってくれてんの!?

今の発言いろんな意味でちょっとお話が必要だよ!?

「だから、俺、さっき言ったじゃん。この後、二年の借り物競争で、水島さん引っ張られてしまう可能性があるだろって」

「それは聞きましたけど!?　それとキクタンの発言と何の関係が!?」

「この後の競技で、水島さんが告白を断る口実があるのはいいことかと相談を受けた」

委員長が言うと佐伯とキクタンと草野さんも頷く。

「はい!?」

「だから、真崎がいるからって水島さんは二年の告白を堂々と断れる」

「待て待て、それは違うだろ！　お前等、水島さんの立場を考えろよ、いいか？　確かに水島さんは可愛いし、賢いし、優しいし、敬語女子で大人しくてもしっかり者で、モテる要素が満載の女子ですよ、そりゃー二年があわよくばと思うかもしれないよ!?　だからってオレを引っ張り出すのもおかしな話じゃねーの」

「偽物でいいのよ」

「は？」

「なんかつきあってるっぽい男子がいるみたい～っていうのがあれば、借り物競争で遥香にアプローチする二年が減るし、もし、それに怯まないで遥香を引っ張り出して告っても、ごめんなさいの口実にはなるでしょ？」

「……それ、水島さんは承知してんの？」

「恋愛ごとには鈍感でぽわぽわしてるあの遥香が、そんなことを考えるわけないっしょ、あたしの企画ですけど？」

腐女子！　お前！

「それにしたって、他にいねーのかよ！」

お前等、なんで目のハイライト消してオレを見るの？

「え？」

「真崎、それお前が言うのかよ」

委員長がため息混じりに呟く。

「は？」

「水島さんはクラス内でも可愛い、大人しくて真面目で敬語で優しい、そんな彼女は誰にでも平均的に接するが、お前は違うだろ」

「は？」

「主に会話率が」

佐伯が言う。

「部活も一緒だし〜」

キクタン……お前……お前等、たったそれだけで決めるのかよ⁉

「一緒に送り迎えもしてるみたいだし〜」

家が近所なんだよ！　水島さんの家庭の事情を聞いたら、ほっとけないだろ⁉

「ぶっちゃけ実際付き合ってねーの？」

なわけねーだろおおお！


一年の席に戻りがてら、水島さんに声を掛けられる。

「あの、真崎君……ご、ごめんなさい……なんか変なことになっちゃったみたいで」

なんでそこで水島さんが謝るんだよ〜、違うだろー。

「いいえ、逆に水島さんに大変申し訳なく思う次第です」

がっくりと項垂れてオレが呟く。

オレが水島さんとの距離が近く見えるから、端からもそー見えるってことだよね。

「優哉みたいなイケメンだったら水島さんの名誉も守れたんじゃないかと思うと、申し訳ない
……オレでごめんなさい」

「え、なんでですか？　逆にわたしがごめんなさいですよ？」

「は？」

「えっと……真崎君は……結構女子の注目高いから……」

小さい呟きでしたけど？

「はい？」

あの、水島さん、それはもしかしてオレがキモイとかダサいとか暗いとかで噂されてるにすぎないのでは？

「その、女子からは人気、ありますよ？　真崎君、優しいし」

いやいやいやいや、ねーだろ！

あっぶね、オレ今、逆再生の補正が何かかかってんじゃないかと思ったよ。

「わたしが、そんなモテるわけないのにね、汐里が心配しすぎなの」

水島さんが照れたように笑った。

いや、そういう笑顔はオレじゃなかったら誤解してると思う。

ああよかった。オレ、中身アラサーで。誤解してないよ。うん。

そして注目の借り物競争です。

でもこの借り物競争、別に男子だけに告白系カードが準備されてるってわけじゃない。

女子にも同じカードが準備される。

怖いわー、告白大会。悲喜こもごもとはまさにこのこと。

告白カード引いても無難な告白とかあるよ？

「入学してから仲良くしてくれてありがとう！」

とか女子同士で走ってそんな告白とかね。そういうのは中身おじさんなオレとしては微笑ましいけどね。

でも、ガチの告白の方が盛り上がっちゃうわけだ。やっぱり。

盛り上がるけど怖いと思ったのが、女子から告って断った男に対して、観戦中の女子からやいのやいのブーイングが発生したりな。

女子……お願い……抑えて、抑えてあげて、そこは個人の気持ちを尊重してやって、お願いだから……。

今時の男子、メンタル豆腐並みに柔らかくて繊細だからね！

……って思ってたんだけどさ……。

男子も男子で断られたら諦めろっていうの！

ギラギラしすぎだろ！

わかるよ？　わかる。そりゃ高校二年で彼女ができたらハッピーだもんな。

けどさあ……二年男子マジでこれに参加してるの？　ふざけてないよね？

水島さんこれで三回目のお呼び出しだよ!?　この子を弄って遊ぶために引っ張り出したらオ

レ怒るよ？

「1年B組のっ！　水島さんいますかっ‼」

まただよ……うん……ダメだ、ガチできてるわ。二年男子の目が真剣すぎるだろ。

水島さんは自分がモテるわけないのにねとか言ってたけどさ、思い出そうか、この人との出会いを。帰り道一人で駅ビルにいたら、大学生二人組にナンパされてたんですよ。絶対ヤバイじゃん！

確かに二次元みたいに水島さん集中とかないよ？　なかったけどね、三回に一回は水島さん駆り出されて走らされてる。

まず、最初二回ほど、告白カードで引っ張り出される。そこで水島さん断る。

そうなると今度は気になる人カードで引っ張り出される。「さっき告白されて断りましたが、水島さんに好きな人とかいるんですか？」とか聞かれて、まじ公開処刑もいいところだ！

逆再生前の時、モテる＝リア充＝爆発しろとか思ってたオレめっちゃ反省。

優哉といい水島さんといい、モテる人って、結構メンタル強くないと生きていけないかもしれない⁉

湿度のある炎天下で何回も走って、距離はそうでもないだろうけど……また水島さんは真面目だし、告白を断る前提だから、二年男子がちゃんと一位になれるように相手に合わせるように全速力で何回も走ってるし。

「草野さん！」

「なにー？」

「水島さんを保健室に連れて行ってくれ！　ヘロヘロだから、これ以上走らせたら倒れるぞ！」

「おっけー」

草野さんは水島さんと仲良しだからな、体調悪くなったらお迎えに来てくれる親御さんは海外でいないのわかってるよね。

「テントじゃなくて保健室な！　涼しいところで水分摂らせてやって」

「はあい、遥香ー行くよー」

「お前も付き添えば？」

委員長が言う。

「なんで？」

「途中で水島さん倒れたら草野さんだけじゃ手が足りないだろ。男手があった方がよくね？」

キクタンと佐伯が赤べこのようにうんうんと首を振っている。

「ほら、同じクラブのよしみだし」

委員長がオレを犬のように行ったた行ったたと手で押し出す。

なんだよもーオレが行ったらへんな噂たっちゃうだろー。

いやいや……たつわけねーか。

とりあえずオレは草野さんと一緒に水島さんをガードするように校舎一階にある保健室へ付き添うことにした。

そして当然、オレは水島さんのことを気にかけていたため、クラスの連中の生暖かい視線には気が付かなかった……。


「水島さん大丈夫？　これスポーツドリンク」

「あ、ありがとう……」

保健室へ向かってる途中で自販機で買ったスポーツドリンクを水島さんに渡す。

「昼もここで飯食っちゃえよ、午後にダンスだけだから、無理しなくていいし」

「あたしもここにいる～涼しい～」

草野さんは長椅子にベターと身体を横たえた。

腐女子……お前もキクタン並みに自由だね。つーかそこは水島さんを横にしろっていうの。

「オレは戻るから」

「あ、あの、真崎君……その……ありがとう」

あーうー、わかるわー二年の男子が告りたい気持ちがー。可愛いもんよ。

「草野さん、自分が横たわってないで、水島さんを横にしてやって」

「へーい。真崎君お母さんかよ」

やかましいわ腐女子。

オレは保健室を出てクラスの席に戻ると、二年の最後の走者が走り出していた。

そしてまた一年のうちのクラスの前で止まる。

おいおい、水島さんいないぞ、みんな水島さんが保健室に行ったって伝えただろうな。

「1年B組の真崎ー！」

「え？」

オレ？　な、なんで？　しかも女子じゃなくて男子⁉　何、アンタその手にしてるカードは何？　ちょ、待って、何？

オレはクラスの連中に押し出されて二年の走者と走らされた。

「はい、今二年の吉井《よしい》君が持ってたのはー気になる人ー！」

マイクでカードの内容を知らされる……。

気になる……人……だと……。

一部の女子の黄色い歓声が聞こえる。そこ腐女子御一行様⁉　草野さんの同志⁉

放送委員からマイクを渡された二年の走者がオレに向かって言った言葉は……。

「さっき、水島さんを保健室に連れて行って、いちゃこらしてると聞きました！　本当ですか⁉　真崎君は水島さんの彼氏なんですか⁉」

……馬っ鹿やろおおお！　どんな思い込みだよ！　ちげーよ！

ていうかクラスの連中何言ってくれちゃってんの!?

放送委員もニヤニヤしてる!!　もしかして放送委員はこの体育祭が一番楽しいだろ!?

放送委員がオレにマイクを渡す。


「他に女子の付き添いもいました！　いちゃこらしてません！　彼氏じゃないです！　ちなみに付き添いの女子からオカンかと言われましたが何か!?」


するとうちのクラスの席の方から「ああ〜〜」という声が聞こえてきた。

なんだよ、そのいかにも同意、納得の「ああ〜〜」は！

うちのクラスの「ああ〜〜」を聞いた二年の走者とマイク担当の放送委員が、なんだかちょっぴり気の毒そうな表情でオレを見ていた。


二年の走者の気がそれた感はわかったんで、ほっとしましたけどね！

23 お休みの日(ある日のニチアサタイム)

お休みの日って～至福……弁当作らなくてもいいし～、ゆっくり朝食だし～。

お弁当作らなくていいって思ったらお弁当の下ごしらえの代わりに、ブランチ用の下ごしらえしたんだよな、うん、もうちょっとお休みする。とか思って寝返り打ったら、なんか……いる？　なんだこりゃ。手を伸ばしてその物体を確かめると、掌があったかいし……なんか猫？　猫飼ってたっけ？　うんにゃ、ウチに猫はいないはず。

オレ昨日、夜中まで起きてて動画見てたんだよな……えっと、今何時？

枕の下にあるスマホを探そうと枕の下に手をくぐらせると、枕に何か乗ってる？

目をこすって布団を引っ剝がすと、胎児のように身体を縮こませてる莉奈ちゃんがいた。


「は？　莉奈ちゃん!?」

ちょっと待てー！　なんでここにいるの!?　莉奈ちゃんお部屋違うよ!?　パパンとオカンの部屋の隣だろー！

「り、莉奈ちゃん、お部屋間違えてるよー」

小さい声で伝えてみる。っていってても今6時か。子供が一番起きたくない時間？

莉奈ちゃんは「うーん」と言いながら縮こまり、伸びをしたかと思うと、寝がえりうって、また身体を縮こめた。

なんだよもう、この子、寝てても可愛いかよ!?

オレが起きるべき？　いや、今日はお休みで、オレめっちゃ眠いんだよ。動画見ながら寝落ちしたの夜中の3時なんだよ。

兄妹で年が離れてるっても、血は繋がってないし、いかに小さくともこの子は女の子！　オレが起きてソファで寝る？　常識的にはそれが妥当だよね？　世間様に後ろ指を指されたくねえ！

だが正直、最低あと一時間は寝たい……一時間でいい。眠っていたい。

オレは睡魔に負けた。一時間なら昼寝と同じ、ほんのちょっぴりの朝寝です。この子は莉奈ちゃんの姿をした猫、この子は猫。それならセーフ、セーフだろ。

オレは枕に顔面を埋めて、意識を手放した……。

が、たとえお休みの日でもオレはちゃんとした時間に起きなければならないと、そう思ったのは一時間後のことだ。

「幸星、起きて起きて、オニイチャンにご飯作って」

「……」

自分でオニイチャン言うのか、優哉……。

ていうかオレ身動き取れない。金縛り!? いや、違う、莉奈ちゃんの小さい手足がオレを抱き枕替わりにしてる!? いいや違う、もう思いっきり馬乗りだろこれ。

「莉奈にも～あさごはん～」

「可愛い妹もそう言ってるぞ」

いや、あのね、オニイチャン。下ごしらえしているからフライパンでそれ焼くだけでいいんですけれど!? それ言うとまたきっとフライパン焦がすからヤダとかなんとか言うんだよな?

「莉奈ちゃんが馬乗りになってるから、起きれないので寝ます」

すると、優哉がひょいと莉奈ちゃんを持ち上げたようだ。莉奈ちゃんは優哉の脇に持ち上げられて「わー優哉お兄ちゃん力持ちー」とか無邪気に言ってるし。

君達はそんなにおなかすいてんのか……。

オレはのそのそと起きだしてとりあえず顔だけでも洗いに洗面所に向かった。

さすがにコーヒーはセットしてくれてたのか。マグにちょこっとだけコーヒーを注いで作りながら一口飲む。

腹ペコちゃんのお二人の為に、オレはフライパンにバターを落として、火をつける。

冷蔵庫からタッパーを取り出す。タッパーの中には卵とハチミツと砂糖と牛乳で作った甘い卵液に四つ切にしたトーストを浸していた。

それをゆっくりフライパンで焼く。

サラダってわけじゃないけどトマトときゅうりをスライスしてたやつを皿に盛って、焼きあがったフレンチトーストを盛った。ワンプレートでいいですよね？　皿を洗うの面倒なんすよ。

いやだいたいこういう時は優哉が片付けてくれるんだけどさ。

「今日はパンだ〜」

「おお、フレンチトースト〜！　洋食だな！」

「ふれんちとーすと〜！」

莉奈ちゃんにホットミルク。優哉は既に自分のマグにコーヒー淹れて待機状態。

二人とも黄金色のトーストに視線が釘付けのようです。

四個パックのヨーグルトもパキパキっと小分けにする。これプレーンヨーグルトか……。

「ヨーグルトに冷凍ブルーベリー入れる人〜」

莉奈ちゃんと優哉は手を挙げる。

とりあえず三人分のフレンチトーストをカウンターに載せると、優哉がそれを並べる。その間に、耐熱性のミニ小鉢に卵液を入れてレンチンする。

うーん……これ食ったらまたオレ寝そうだな……。

とりあえず、三人そろったところでいただきます。

「莉奈ちゃん、オカンと寝てたんじゃないの？」

なんで莉奈ちゃんはオレの横で寝てたんですかね？

「えっとね、咲子ママと寝てたらパパも一緒に寝るっていって、パパと咲子ママに挟まれてちょっと苦しくなって莉奈は目が覚めて、おトイレいって、莉奈は自分の部屋にもどったの！」

……莉奈ちゃん……そこでお部屋間違えちゃったのか……自分のお部屋じゃなくてオレの部屋じゃんよ。

「そのオカンと隆哉さんは～？」

オレの言葉に優哉が目を泳がせる。

「……まあ、なんていうか？　新婚だしなと思って忖度した」

「ああ……『三千世界のカラスを殺し、主と朝寝がしてみたい』……か」

確かにあんまり考えたくないが事実あの二人新婚だもんな。

優哉は意外そうな顔をする。

「時々思うんだけど、おまえ、オレの学校いけたんじゃね？」

「無理。クイズ番組はよく見るけど、学校の問題は無理」

レンジの音がしたのでオレは椅子を引いて立ち上がる。

レンジのドアを開けて中の小鉢を見る。

固まったかな……どうかな…もう少しあっためるか。

ピピっと時間を設定して再度スタートさせる。

食感はヨーグルトと同じでメインのトーストと味は変わらないけど、ちょっと前に水島さんに教えてもらったし試してみたかった。

優哉が食べ終わった皿を片付けて洗ってくれる。

分担してくれるところはいいオニイチャンですけどね。

でもオレやっぱ眠いや～。

マグを持ったままソファに移動してマグをテーブルに置いてソファに横倒れた。

「莉奈ちゃん」

オレは莉奈ちゃんを手招きすると、莉奈ちゃんは可愛い笑顔でオレに寄ってきた。

「あのね、優哉にね、お皿洗い終わったらレンジの中にある小鉢をこっちに持ってくるように言ってね。莉奈ちゃんはあちちだから、触らないように。あと莉奈ちゃんは小さいスプーンを優哉からもらってきてね」

「はあい」

莉奈ちゃんは優哉にオレの伝言を伝える。

優哉が皿を洗ってる最中にレンジの音がする。

ブランチのはずだけどしっかり朝ごはんになってしまった。隆哉さんとオカンにはブランチになる……はず……。

オレはクッションを枕代わりにして、テレビのリモコンをとってつける。

莉奈ちゃんが好きな（オレも観ますけど）魔法少女アニメタイム。

そのままオレは特撮観たい。

石○森先生スーパーヒーローをありがとうございます……。

オレがそんなあほなことを心の中で呟いていると優哉が「うっそ」とキッチンで呟いてる。

「幸星、マジで？　これフレンチトーストの卵液で出来るもんなのか⁉」

優哉はトレイに小鉢を載せてこっちまで持ってきてくれた。

「成分は変わらないだろ」

「アレで作れるんだ⁉」

「うん、教えてもらった。カラメルソースはないけどな、一応プリン。かわりに生クリーム落としてもいいんだろうが、そこはお好みで」

莉奈ちゃん小鉢の中身に視線を向けて、お目目キラキラですね。

この子はやっぱり猫ですか？　見えないしっぽが見えそうですよ。

「生クリーム……」

そうだね、そう言っちゃうと生クリーム欲しくなるよね。

「莉奈、コーヒーフレッシュでいいから！」

優哉がそう言うと、莉奈ちゃんはぴょーんと立ち上がって「はあい！」と返事をして冷蔵庫に行ってコーヒーフレッシュを持ってきた。

まあ量的にはこれでぴったりですな。

オレが子供の頃に過ごせなかった日曜日の朝の風景なのかなーコレ。

オレ達三人はテレビを見ながらなんちゃってプリンに舌鼓を打つのだった。

24 今の流行に乗っちゃったよ。

別に莉奈ちゃんがテレビっ子ってわけじゃないとは思う。

夕方のニュースだか週末の情報番組で見た影響だったのだろう。最近のトレンドとかってこんな小さな小学生でも気になるものなのね。特に女子はね。


「コーセーお兄ちゃん、タピオカミルクティってどーゆーの？　つぶつぶ美味しいの？」


飲んだことねーよ。ていうかタピオカって、あれなんで出来てんの？　売ってるタピオカとミルクティィあわせりゃいいの？　スーパーで売ってるの？　オレのよく行くスーパーには取り扱いないよ？　メーカーさんが卸してるタピオカミルクティの棚は常に空っぽ状態なんだよね。

試しに買ってみようかと思ったんだけどさ。

改めて思い出すと、そんなに人気かよ。オレ、テレビあんま見ないけど、は〜流行なのね〜。

莉奈ちゃんが飲みたいなら手に入れるけど？　気になってスマホを取り出してグー◯ル先生に頼ってみた。

え……タピオカって澱粉なの？　ちょっと澱粉って片栗粉だろ？　あれが成分なの？

片栗粉で作れるならわざわざ買わなくても家で作れちゃったりする？

オレはタピオカレシピとか作り方で検索していく……。

うむむ。安いし作れそうだが、コレ時間かかりそうだな……。手間ヒマかかりそう。

いやでも流行りでしょ？　ていうか気になってきたよ？　流行りもの作れちゃうかも？

今のオレなら作れそう？


「コーセーお兄ちゃん……？」

「どうしたー？　幸星ー」


優哉と莉奈ちゃんに挟まれた状態でリビングのソファでオレはスマホをスワイプする。

優哉はのぞき込んだスマホを見て呟く。


「幸星……お前……まさか……」

「優哉、お前、タピオカミルクティ飲んだことある？」

「あるけど？」

「えー！　優哉お兄ちゃんいーなー！　莉奈も飲みたーい！」


よし、作ろうか。人手が欲しい。タピオカをちぎってこねて丸める人手がな。莉奈ちゃんだけじゃない。優哉お前もちぎってこねる丸めるぐらいならできるだろ。

そして流行最先端にアンテナ張ってるＪＫにも試飲してもらいたい。オレはラ○ンを開いて唯一気兼ねなくお誘いできるＪＫに声をかけた。

——水島さん、今時間ある？　タピオカミルクティ自作するんだけど。

日曜日の昼下がり、ＪＫは忙しいかと思いきやすぐに返信がきた。

両手を組んだキラキラのムー○・ジェームズのスタンプが送られてきた。

スーパーで水島さんと待ち合わせしてタピオカの材料を購入。莉奈ちゃんも一緒です。

「真崎君、すごいです！　タピオカ自作するなんてその発想！」

「莉奈ちゃんがタピオカミルクティ飲みたいと言うので」

オレが莉奈ちゃんを見ると、お休みの日に家族以外の人と会うのが嬉しいのか莉奈ちゃんもご機嫌です。

「おねーちゃんはタピオカミルクティ飲んだことある？」

「ありますよ」

ですよねー。

「いーなー！　優哉お兄ちゃんも飲んだことあるんだって！　莉奈はないの、コーセーお兄ちゃんもないの、そしたらコーセーお兄ちゃん作ってみようっていってくれたの！　タピオカ、美味しいの？」

「もちもちしてます」

「もちもち……楽しみ～」

澱粉を固めるともちもちだもんね。

「でもタピオカ粉売ってないですけど……」

「タピオカ粉ってあるの!?　とりあえず片栗粉でいけるってネットで調べたんだけど」

「澱粉ですもんね」

「そうそう」

オレが片栗粉と黒蜜をカゴに収めて紅茶の茶葉コーナーに寄ると、水島さんが言う。

「わたしも用意してきました。ミルクティに合う紅茶茶葉があるので、あと両親が送ってよこしたフルーツフレーバーの紅茶も。それより真崎君、通常のストローだとタピオカ吸い上げられませんよ？」

「マジか！」

何件かはしごしてタピオカミルクティ用のストローをゲットした。

流行りだから売ってるもんだな～。

とにかく材料を購入し、自宅に戻る。

優哉がリビングで待ってた。

ちなみにオカンと隆哉さんは二人でおでかけしたそうです。まあね、オカンの職業柄、日曜休みとかって月二回あればいいほうだからね、たまには二人でラブラブデートしてきなさい。

さて、みんな手を洗って、タピオカ作りスタンバイ。

黒蜜と水をまず一つの小鍋でゆでる。

ちなみにたくさん作ってみようと思って、ネットレシピより二倍の分量でやってます。だってうちには優哉がいるからね。ほんとこいつよく食うのに太らないんだよなー羨ましいぜ。オレの場合は例のクソ親父のせいで、オカンが仕事の時飯を抜かれてたこともあって、あんまり入らないってのがあるんだけどさ。

けど美味しいものをちょっとずつ頂けると思ってるからもういいんだけどね。

それはさておき、沸騰してきたら火を止めてもらって水島さんに片栗粉を投入してもらう。そしてオレがひたすら撹拌！　ダマにならないようにね！

「こうしてみるとスイーツ作るのって結構力いるんだな、幸星」

優哉がひたすら撹拌するオレに話しかける。

「そう結構力いるぞ、撹拌作業。お前は生クリームだろうがなんだろうがそれをペロリですけどね」

「味わってるから！　味わってますから！」

よっし、固まったぞ。繊細な作業をしてもらうか、ここで、この場にいるみなさんにね。

「なるべく小さい丸にしてくれ〜。一応ストロー太めの買ったんだけど、中でつまったらヤダろ？」

「ヤダな」

「やだ」

これた片栗粉を4人でちまちまとちぎってこねる。

これなら優哉もできるようだ。

ていうかお前やっぱできるんじゃん、もしかして料理もできるんじゃね？　やらないだけでさ。

「水島さん、これさ〜上手く出来たら文英祭に提案してみようかと思うんだけど……」

「いいじゃないですか！　流行りだし、女子受けしますよ！」

黙々と丸める作業をしてた水島さんがテンション高めに答えてくれた。

「ぶんえーさいってなあに？」

莉奈ちゃんもあきることなく丸めながら質問してくる。

この子ほんと我慢強いというか集中力あるというか。この単純作業をあきもせずに続けてくれる。小学一年生なのに、すごいよね？

「文化祭だよ」

「文化祭？」

「うーん……学校でお祭りするんだ」

「お祭り！　莉奈もいきたい！」

まあなんだ、年ごろの男子だったら、親や家族に来るなとか言いそうだけど、オレは中身アラサーだし、クラスの発表より部活とか模擬店系の助っ人に駆り出されるだろうから、抵抗なく「おいでー」なんて気軽に答える。

「優哉の文化祭の方も行きたい」

「えー」

「模擬店の味を確かめたい」

「いいけど、タピオカミルクティ、俺の学校でも提案してみてもいい？」

「誰かが言い出すんじゃね？　流行りだし、材料費もそんなかかんないしさー」

「そうかあ？　でも、こういう流行りものスイーツってあんま定着しねえよな？」

「それな」

定番で残ってるスイーツだとティラミスとかは定番になったよな。あれも流行った時は爆発的に騒がれたけど、落ち着いて、今はケーキの定番だし。

ふむ、結構な量をちぎってこねて丸めました。

これを如でます。

くっつかないようにくるくるしながらね。

沸騰してこのタピオカちゃんが浮いてきたら、また鍋を弱火にして20分コトコト煮込む。

どうかもちもちになりますよーにっ！

時間を見ながら弾力を確認して、よしっと思ったらザルにあげて冷水でしめる。

莉奈ちゃん待っててね〜。

水島さんがアイスミルクティを淹れてくれてる。

ティーポットは我が家になくて、さっき百円ショップで買ってみた。

「真崎君もお兄さんも甘いの大丈夫ですよね？」

「大丈夫」

「莉奈ちゃんがいるから甘めにお砂糖入れておきますね」

莉奈ちゃんがわくわくした目でポットにお茶を淹れて蒸らしている様子を見ている。

小皿にタピオカを盛って水島さんに試食してもらう。

「どう？」

「もちもちです！」

莉奈ちゃんと優哉にも一粒ずつ試食してもらう。

「あま〜い！　もちもちしてる〜」

「莉奈、これをコップの底に敷き詰めて上にアイスミルクティをそそげば、タピオカミルクティになるんだぞ。ていうか、俺的には市販のより、こっちのタピオカの弾力が好き」

皆で作ると旨いんだよ、優哉君。

そういうの、逆再生してから、オレも気が付いたことだけどな。

水島さんが美味しく淹れてくれたアイスミルクティの底に、皆で作ったタピオカ。流行りものに乗ってみたのって、オレ、逆再生してから初めてなんじゃないかなと思ったりした。

25 父の日のリサーチをしてみた

6月の第三日曜日は父の日です。莉奈ちゃんはパパにケーキとか言ってたけどさ。

ケーキか……どうするかな。隆哉さんは甘いのも食べるけど……どうしたらいいんだろ。

「真崎君、これタピオカミルクティおいしいよ！」

部活の時に先日作ったタピオカを持参して、先輩達にタピオカミルクティにしてみてと言ったら調理実習室にいる先輩達のテンションがかなりハイに。

片栗粉で作ったから厳密にはなんちゃってタピオカなんだけどね。

ストローないからマドラースプーンですくって食べながら飲むって感じになったけど、全然抵抗なさそうで安心した。

「タピオカ代として、先輩達には父の日に何を贈ってるか聞いてもいいですか？」

オレがそう言うと、ほとんどの先輩達は残念な子を見るようにオレに注目した。

「……うちらにその質問は間違ってる。父の日とかするわけないじゃん」

あああああ。そうですよね、男だろうと女だろうと、親がうざいと思うお年頃。

ましてJKならば、

「え〜お父さんの洗濯物とあたしの一緒に洗わないでえ〜。え、お父さんもうお風呂入っちゃったの？　もう〜ちょっと〜勘弁してよ〜あたしシャワーなの〜？」

ぐらいは親に言ってのけるよね!?

父の日とかねーわ。そりゃ先輩の言うとおりだ。質問の相手が違うか。

ちなみに水島さんは考え中らしいです。でもちゃんと父の日にプレゼントするんだね。どこをどうやったらこんなお嬢さんに育つんだ。

うちの莉奈ちゃんも是非水島さんのように育ってほしい。

小学生高学年ぐらいになって、

「えー兄貴たちも親父も先に風呂入っちゃったのー!?　もうやだー、あたし洗いなおすー！」

なんて発言されてしまったら、オレ確実に引きこもるよ？

「真崎少年は父の日に何か贈るの？」

「一応」

莉奈ちゃんが言い出したことなんだけど、オレが実質作ることになるとは思うんだよね。どーしたもんかなー。

部活が終わって水島さんと一緒に下校しようとしたら、水島さんが躊躇いがちに言った。

「あの……真崎君にお願いがあって」

「はい？」

「あのね、ちょっと買い物につきあってもらってもいいですか？」

え？　いつものスーパーじゃないの？

水島さんと帰る時って、スーパーに寄るんだよね。

「父の日に、シャツを贈ろうと思うんです」

ほほう。ネクタイじゃなくてシャツなんだ。

ネクタイは海外《むこう》の職場ではしてないそうだ。暑いんだって。なるほどね。それでシャツなんだ。

でもオレのセンスあんまりよくないぞ。

優哉が常に選んでるもんな。あいつオレが絶対に着ない色とかチョイスしてくるんだけど、優哉が選んだならって着てみると、莉奈ちゃんやオカンの受けがよかったりするんだよね。


「お洒落さんじゃないけど、いいの？」

「えーでも、真崎君、私服いいですよ？」

「それは、優哉チョイスだからだよ」

「え？　お兄さんが選んでるんですか？」

「うん。そうだ、優哉に連絡してみようか」


ラ〇ンで連絡すると自宅の最寄り駅で待ち合わせすることになった。

お洒落さんがいれば大丈夫だよね。

そんで優哉と合流したんだけど、優哉の顔が幾分呆れたようだった。

なんでそんな顔してんだ？


「お前はアホなのか、せっかくの放課後デートに兄貴を呼ぶとかねーわ」

デートじゃないよ！　買い物だよ！

「だって服ですよ？　オレのセンスのなさは優哉が知ってるだろー」

「それは口実で水島さんが一緒に放課後デートしよ？　って誘ったってことだろ」

「違う！　それはないから！　お前、水島さんはそんな軽い女子じゃないんだよ!?　海外赴任中のパパに父の日の贈り物しようっていうのが偉いでしょ！　お前、視点が違うから！」

だいたいそれさ、お前が言うならまあいい。オレとかその他が言ってみろ？

「放課後デートにアンタを誘う？　ないわー。ていうか勘違いもいいとこじゃね？　思い込みキモイんですけどー」

と横から水島さん以外の女子にそう言われるの確実だろ。


「ごめんねー水島さん、鈍い弟でー」

「あ、あの、父の日の贈り物なんで、男の人の意見が複数伺えるのは、正直ありがたいです」

「ほらみろ。純粋に買い物なの！　お前さあ、イケメンだから許されることは多々あるって自覚しなよ？　放課後女子から買い物付き合ってって言われてもデートだ！　なんてはしゃげるのは『ただしイケメンに限る』ってヤツなんだよ!?」

「……帰っていいかな？」

駅の階段に向かって行く優哉の制服の端を摑む。

「ヤダ、ていうか参考にしたいんだよ！　うちの父の日用も！」

オレがそう言うと優哉は肩越しに振り返って意外そうな顔をしていた。

いやー莉奈ちゃんがケーキとか言うけどさー、世間一般は父の日にケーキはないだろ。よっぽど甘いお菓子大好きパパンならわかるけどさ。隆哉さんは作ると食べてくれるけど、進んで買ってくるわけではないし。

普通はどんなものを贈ったりするのか、どんなものを贈れば喜ばれるのか興味があるというか。

思い起こせば父の日なんて全然やったことないや。

オカンが保育園に入れてくれた時に保育園の先生に「父の日でーす」なんて言われてもピンとこなかったし、父親っていうワードだけで固まってたし、父の日用の工作とか似顔絵とか、やらされたんだろうけど記憶にない。

記憶にあるのは、クソ親父にサンドバッグにされてた日々とオカンがオレを連れて逃げ出すきっかけになったアイロンを背中に押し当てられたこと。

これすっげえ傷になってて、オレが死んだ時まで残ってたんじゃねーかな。

逆再生した今も身体はかなり傷が残ってる。逆再生前の痛みとかはねーけど。

莉奈ちゃんが無邪気に「一緒にお風呂入ろー」とか言ってきた時も、オレはこれを見せたくなくて断った。

もちろん、莉奈ちゃんが大きくなったら黒歴史にしかならねーというのも理由だけどね。オニイチャンとお風呂に入りました〜なんてさ。

優哉も隆哉さんも多分知らないかもしれない。

知ってるのは箱根のセミナー合宿で一緒になったキクタンと委員長で、オレが大浴場に行かないで、割り当てられた部屋についてる浴室に入るって言ったら服を剝かれた。

キクタンは「げえ……ザッキーお前何その傷……ひどくない⁉　何したんだよ⁉」と顔を青ざめさせるぐらいだったから、これまだ相当な傷なんだよなー。ぶっちゃけ鏡で自分の身体は見たくねーし。

そんな父親に関することはだいたいトラウマなんだけど……。

今現在、隆哉さんは義理ではあるけど父親で、逆再生前には会話はもちろん親孝行的なこと全然しなかったから負い目があるというか……。

生まれて初めての父の日とかやってみてもいいじゃない？　ぐらい考えているわけで……。


「父の日とかお前が言うとは思わなかった」

優哉が呟く。

「あー……優哉は、オカンから聞いてる？　オレのトラウマ」

「だいたいは」

「そうかあ……、とりあえず一生に一回ぐらいはちゃんと父の日とかやってもいいんじゃないかなと思ってさ、経験的に。母の日って定番じゃん？　カーネーション贈るって浸透してるじゃん？　父の日とかどうなのかなと……優哉はやったことある？」

「幼稚園で似顔絵描いたぐらいで覚えてないな」

「えーそんなもんなの?」

「そんなもんだよ。父の日なんて高校生になってもやるヤツはいねーだろ、母の日もやらない方が多いんじゃね? ていうかウチは毎日が母の日だけどな」

毎日が母の日ってなんだよ。

「咲子さんが仕事に行ってる時、代わりにいろいろやってんじゃん、幸星が」

「飯つくるだけで母の日とかはないだろう」

「お前の料理で莉奈はすくすく育ってる。オカンだろ。お前自身はそんなに食わないのに」

「これは胃が小さいだけ。オカンがオレを連れてあのクソ実父から逃げるまで飯抜きとかもされてたからだよ。これでも食えるようになったんだぞ」


そんなことよりも、目的のアイテムですよ。メンズ服のフロアに行くと、やっぱりどこも父の日フェアとかやっていて、いろいろ置いてあった。

へーやっぱ、小物とかも人気なんだねー。小銭入れとかパスケースとか、服ならネクタイが定番アイテムですか。

水島さんはいろいろシャツとか見て、考え込んでる。

やっぱりいいなあ、可愛い娘が父の日の買い物とか。

色で決めるのかと思いきや、ちゃんと素材を見てるんだよねー、肌触りとか洗いやすいかとか。あ、若い男の店員が水島さんに近づいたけど、でも優哉がそれにうまく対応してる。

「水島さん決まったー？」

「はい、真崎君のお兄さんがいろいろアドバイスしてくれました」

お会計をすませて父の日用にラッピングされた商品を手に提げて、嬉しそうだ。

さすが我が家のお洒落番長だね。ちゃんと選んであげたんだ。

「前から気になってたけど、『真崎君のお兄さん』は呼び方長くない？　優哉でよくない？」

オレがそう言うと水島さんは真っ赤になる。

「うん。それは俺も思ってた。なんかまぎらわしいかなって、水島さんなら別に名前で呼んでもらっても構わないよ？」

うん……優哉の場合、名前も知らない相手から「優哉く〜ん」とか語尾にハートマークつけて言われてそうだ。

「は、はい、じゃ、えっと……幸星君は、プレゼント決まりました？」

なんでオレー!?　いやキュンとしちゃったよ？　いやするでしょ？

ちょっとそこのイケメン、何ニヤニヤしてんの!?

26 僕の子供達(隆哉視点)

「課長〜愛妻弁当〜?」

「新婚さんっぽいですね」

お弁当をスマホのカメラで撮影すると職場の女子社員に囃《はや》された。

「これは息子が作ったの」


上司から、一年ぐらい前に今の奥さん、咲子さんを紹介された。

この年で再婚は……と躊躇ってみたが、相手は看護師でシングルマザーで、社長の親がいたく気に入り、

「なんだかすごく苦労してたみたいだけど、明るくて働き者だからイイ人がいたら絶対に紹介したいの、なんとかして」

と息子である社長にせっついたらしい。

そこで僕にこの話がまわってきたというのが咲子さんとの出会いのきっかけだった。

上司命令でのお見合いもサラリーマンの務めと思い咲子さんに会ったんだけど、当の本人はお見合いとは思っていなかったらしく僕を紹介した社長のご母堂の前で大爆笑した。

つまりお互いそんなに乗り気ではない紹介だったにも関わらず、この年になると、同性だろ

うと異性だろうと他業種の人間に新たに出会うことはめったにないし、同じ年の息子もいるということで話も合って、お友達付き合いをするうちに、僕は咲子さんと再婚したくなってプロポーズしていたというのが僕たちの再婚の経緯だ。

どうも僕には自分があわよくば後妻にと思っていた女子社員も複数人いたらしく、咲子さんに会ったこともないのに、陰口を叩いていると同僚からも聞いたんだけど、コブつきのやもめ相手にそんな必死な女子は今時いないだろう。

多分再婚がうまくいってる僕へのちょっとしたやっかみみたいなものか……独身男性も増えているからなあ。

僕が幸星君が作ってくれたお弁当の撮影を終えると、女子社員達はまじまじとお弁当に注目している。

「あの成峰に入学したとか言われてる息子さんが作ったんですか？」

「違うよ、これは新しい息子の方が作ったの」

「ええー！」

「うちの幸星君は料理が上手なんだよ。お弁当だけじゃなくて朝食も夕食もスイーツも作るよ」

「すごくないですかそれ！」

すごいんだよ、うちの息子。もう自慢したい。

優哉も頭がいい子だから自慢だけど、幸星君は優哉より生活能力が桁違いだ。

特に料理の面で。

再婚した咲子さんは看護師だから、家を空けていることが多かったせいもあって、再婚するまで独りでいろいろ工夫して料理してきたらしい。

本人は、

「一人分じゃないから、めっちゃ料理してる気がする！　食材ちょびちょび使うよりなんか料理してる感がいい！」

なんて言ってるけど、それは全然苦じゃないみたいで、むしろ楽しそうにやってくれてて、娘の莉奈もくっついて一緒になって料理しているようだ。

「あ、ちなみにこれ、息子が作りました」

僕はスマホの画像フォルダから以前作ってもらったベイクドチーズケーキの画像を表示させて女子社員に見せる。

「ふぉお！　ちょ、これ手作りですか!?」

「わー何、どこの店のものですかってレベルですよ！」

そうでしょうとも。ベイクドチーズケーキの上にプチシューが盛られててさらにチョコレート掛けですよ。

女子のインスタに絶対載せたいと思わせるこの外観。

僕も甘いモノは食べる方なので、幸星君が部活で作ったこのベイクドチーズケーキなんかめちゃくちゃ絶品でした。


「えー新しい息子さんて、何歳なんですか!?」

「優哉と同い年なんだよ」

「課長の息子さんと同じということは、高校生!」

「うん、高1、文英なんだ」

「結構頭もいいい!?」


そうなんだよ。本人は、勉強できない子とか言ってるけど、そりゃ優哉がおかしいぐらいにできるだけで、普通より上でしょ。文英なんて上司に訊いた限りじゃ都内最大生徒数で、一学年でも300名強。そこで先日の中間試験50位以内に食い込んでるって言ってたんだ。


「同い年の男の子二人だとぶつかり合ったりしません?」

「幸星君は気配りさんだから、友達みたいに仲良しになってくれてるよ。何より優哉が幸星君の料理に胃袋摑まれちゃってて」

「あ〜〜高校生男子は食べ盛りですもんね」

僕も胃袋がっちり摑まれてますけどね。

ただ、僕のことは「隆哉さん」なんだよね。優哉も咲子さんのことは「咲子さん」呼びなんだけど。幸星君から「お父さん」とか呼ばれてみたいな。


「それはやっぱりなかなか難しいかもしれないわね」

「だよねえ……」

「わたしも莉奈ちゃんに『咲子ママ』じゃなくて『ママ』って呼ばれたい〜」

あ、はい。そうだよね。

でも莉奈はそのうちママって呼ぶ気がする。幸星君とは違うから……。

「この間ね、莉奈が、幸星君と一緒にお風呂入るって言ったんだけど、幸星君は『莉奈ちゃんは小学一年生のお姉さんだから、独りでも入れるよね?』って諭してて、莉奈は『お姉さん』の言葉にひきつけられたみたいで、独りで入ったんだけど」

「あーうん……幸星のねえ、背中にはちょっとひどい火傷の跡があるのよ。あの男がつけた火傷なんだけど、それを見せたくなかったんじゃないかな……莉奈ちゃんまだ小さいから泣いちゃうかもしれないし……」

「そんなにひどいの？」

「うん、出勤前に忘れ物をして家に戻ってみたら、小さい幸星を押さえつけてアイロンおしあててたのよ。『言うこと聞かないからしつけだ！』とか抜かして、あたしは幸星抱き上げて裸足のままあのアパート飛び出したのよね。あの男は、仕事もしないで幸星の面倒見てるとか言ってたけど、何にもしちゃいなくて、それどころか、幸星にひどいコトしてたのよ。あたしも注意したら何回か殴られたこともあって、あーもーだめだなって思った」

でもよくそんなクズと離婚できたなと思っていたら、職場の上司が離婚系に強い弁護士を知っていたらしく、その弁護士に相談して、さっさと離婚届にハンコを押させたそうだ。

タイミングもよかったんだろう。女の前ではカッコつけたいタイプの男だったらしくて、そのクズが別の女にフラフラしかけていたようで、弁護士はそこをうまくついてサインをさせたとか。

まあ、そのクズは本性がバレて女に逃げられ生活に困ってまた咲子さんの周りをうろちょろしてたんだけど、その頃に、僕は咲子さんと会った。

「それって何時頃の話？」

「幸星が小学校に入る前かな」

当時のことは、幸星君の記憶には残ってるんだろう。

咲子さんが再婚して、自分の生活圏内に大人の男が入るのは怖かったはずだ。「お父さん」呼びはしてくれないか……ちょっと残念。

「パパ、今日は、パパの日なんだよ！」

6月の第三日曜日の昼下がり、幸星君と咲子さんがキッチンに立っていると、莉奈がソファに座ってる僕のところに来てそう言った。

「パパの日……ああ、父の日ね」

「莉奈、いっぱいパパにありがとうを言いたいので、これです！」

多分僕の似顔絵なんだろう。紙を丸めて、リボンをつけている。

「わー莉奈、ありがとう。嬉しいよ」

リボンをほどいて丸められた紙を広げると、やっぱり似顔絵だった。

「どこに飾ろうかなーリビングがいいかなー、お仕事から帰ってきたら莉奈の描いてくれた絵があるといいよね」

僕がそう言うと、莉奈は照れたようにもじもじして「お兄ちゃんのお手伝いしてくる！」と言って、ぴゅーっとキッチンの方へ行ってしまった。

咲子さんがキッチンから追い出された。

莉奈がぐいぐいと咲子さんの手を引いて僕の隣に座らせる。

「咲子ママは、お夕飯の時にキッチンなの。いま、コーセーお兄ちゃんがおやつ作ってくれてるからお休みしてなの！」

「はいはい」

莉奈は咲子さんをソファに座らせると、またぴゅーっとキッチンに向かっていった。

「幸星君は料理人になるのかなあ」

「ならないらしいわよ。あたしも聞いたことあるの、アンタそんなに料理好きならプロにでもなる？　って言ったら、本人は真面目な顔で『料理人は学歴よりも腕の世界だから無理』って。中学生の時より学校楽しいらしいし、料理は趣味の範囲でしょ」

幸星君はそういうところ、しっかり考えているよね……、普通はこれだけ料理も上手いし自分も好きならその道に進みそうなものだけど、それだけで進路を選ぼうとしないし、慎重な感じもするよね。

キッチンの方を見たら、優哉も珍しくキッチンに入っている。

何を子供達だけでやってるのかなと思っていたら、莉奈がお皿とフォークを僕達が座ってるテーブルに持ってきた。

「何？」

「パパに食べてほしいの。莉奈、パパの日だからコーセーお兄ちゃんにケーキ作ってって、お願いしたの。莉奈も優哉お兄ちゃんも手伝ったの！」

「父の日のケーキなの？」

「そうなの！　コーセーお兄ちゃんがお店のケーキみたいにかざってくれたの。莉奈もチョコにありがとうってかいたんだけど、莉奈うまくかけなかった……でもお兄ちゃんは可愛いからつけようって言ってくれたの。パパ、字がヘタでもいい？」

いいに決まってるよ。

優哉が持ってきたのは抹茶のシフォンケーキだった。

シュガーパウダーとホイップクリーム。

飴掛けのベリーをデコレーションして、莉奈が書いたケーキ用のチョコレートに「ぱぱありがとう」の文字。

「莉奈ちゃんがケーキって言うから、でも大人向けにしてみました」

……これで趣味の域ですか……幸星君。

ナイフを入れてもらうのを待ってもらって、僕はスマホを取り出して何枚かそのケーキを撮影する。

「あとコレはオレと優哉から」

幸星君が僕に渡すのは、薄い細長い箱。

ネクタイなのかな。

「父の日ってやったことないから、ちょっとやってみたかったらしいぞ」

優哉がそう言う。

優哉は小さい頃、今の莉奈みたいに似顔絵を描いてくれたけど。

幸星君は……父親の思い出なんていいものはなかったはずだ。

未だに大人の男性はきっと怖いかもしれないのに……。

「えーっと、その『お父さんいつもありがとう』って言うの？　この場合」

幸星君は照れたように笑う。

僕はありがたく綺麗にラッピングされた箱を受け取った。

小さな頃のこの子に会いたかった……。

小さな時の優哉や、今の莉奈にしてあげたように抱き上げてやりたかった。

無邪気なこの子に会ってみたかった。

「嬉しいな、みんなありがとう」

僕がそう言うと、僕の子供達は照れくさそうに笑ってて、皆可愛くて、僕は無意識にスマホのカメラで子供達を写していた。

◆
27
なんでみんなコッチ見んの？

「ザッキー何見てんの？　エロいやつ？」

エロいやつちゃうわ、バイト求人じゃ。学校で見るかそんなの。

ひたすらスマホをタップしていると、キクタンがのぞき込んでくる。

「えー真崎バイトすんの？」

委員長も人のスマホをのぞき込む。

「する。申請書出してOK出てる」

ほら、オレの家って、中身はめっちゃ円満だけど、端から見たら、家庭環境が複雑っぽいじゃん？　先生へのバイト申請一発OKでした。

「えーはやっ。オレもバイトしたい」

キクタンおまえサッカー部だろ、この学校で部活きっついのにバイトするとかどんな体力バカだよ。運動部系の奴等はバイトとかしねえって、佐伯も言ってたのに無理だろ。

「真崎君それは……もしや……夏のイベントの軍資金稼ぎ……」

草野さんに言われるまで気が付かなかった！

そうだよ、夏と冬のイベントとか！　そういうのすっかり忘れてたわ！

オレもなかなか忙しくて、あーそうだよなー、せっかく学生に逆再生してんだからでかい例のイベント、学生のうちに一回は行ってみたい～！
「草野さんは行くの？　例のイベント」
「あたしサークル参加だから」

な……なんですと……。

「学生の身じゃ、なかなか軍資金面でつらいものがあるけれど、とりあえず一般より先に入れちゃうんで、壁サーのチェックしてる新刊はゲットできる」

チャキっと眼鏡の中央を指で押し当ててどや顔をオレに向ける。
まじか……。

「そこで真崎氏に相談が。サーチケ融通するんで、搬入手伝わない？　ついでにうちらが回ってくる間に店番してくれるとありがたい」

そうは言うけど男子ご用達サークルは日付違うんだよな。確か。
草野さんは少年漫画二次ＢＬサークルだろ。腐女子サークルの店番とかはハードル高えよ。
逆再生前だったら、一も二もなく食いついたかもだけど、今はＳＮＳ系が結構幅効かせてるから、ネットで事足りるし、やっぱバイトもしたいし、莉奈ちゃんととりあえず科学博物館に行きたいし。父の日に感動した隆哉さんが家族旅行とかも企画してるっぽいのオカンから聞いたし。


「バイトが決まらない限り何とも言えない、ごめん草野さん」

「まあねーみんないろいろあるもんねー」

「夏休みボランティアとかもありますよね」

水島さんがそう言うと、キクタンが頭を抱える。

「あーそれめんどくせえ！」

学校側が指定するボランティアの受付に行って、トータル二日ほど、ボランティア活動を行いレポートを提出するというのが、夏休みの宿題の一つになっている。

「でもさ、お前等、気持ちは早くも夏休みになってるみたいだが、その前に期末があるのを忘れてないだろーな」

いきなりオレ達の会話に割り込んできたのが担任の岩田《いわた》先生だった。

みんなガタガタと慌てて席にもどり、日直の号令を受けてＳＨＲを受けた。

「真崎君、遥《はる》ちゃん借りていい？」

放課後、クラスの女子からそんなことを言われた。

え？　なんでオレの許可を取るの!?　オレは首を傾げる。

「お買い物に付き合ってほしくて～」

あ、はい、それはもう、反対しませんけど？

ていうか水島さんがクラスの女子友とのお付き合いがあるのは理解してますよ？　なんでオレにいちいち許可を取るのさ。

草野さん以外にも水島さんにはお友達がたくさんいます。

いい子だからね、女子からも人気者だね。

オレに声をかけてきた柏木《かしわぎ》さんは両手を組んでこうのたまった。

「よかった～遥《はる》ちゃんの彼氏ものわかりいい～」

ちょ、待て誰が誰の彼氏!?

水島さんも慌てて違う違うって手を振ってる。

オレと水島さんの様子を見てクラスの女子は首を傾げる。

草野さんがすすっと近づいて、柏木さんに耳打ちする。

「え？　マ!?　付き合ってないの～!?」

オレと水島さんはうんうんと首を縦に振る。

だからそんなオレにいちいち断らなくてもいいんだよー。

「えーじゃー遥ちゃん合コンに連れてってもいいのー？」

合コン……だと……？

ダメダメダメダメー！

条件反射で叫びそうになったぞ。

キミ達は先日の体育祭をもう忘れたのかー!?

合コンなんかにこの子連れて行ったら、女子に飢えた男どもが群がっちゃうだろー！　大人しい子だとわかったら、いくら草食男子多数と言われてる昨今ですが、合コン参加するような男は自信持ってるはずだからぐいぐいくるよ!?

「遥ちゃんがいるのといないのとじゃ、男子の出席率が違うしー」

「遥ちゃんが出るとなると男子の幹事がちゃんとスペックのイイ男子を揃えてくれるんだもん～」

水島さん広告塔扱い!?

か、彼氏でもないのに合コンに行っちゃダメとか言えない……。

そんな合コンなんて初見で会った男と付き合うのは危険だからよしなさいとか、お前はどこのお父さんだよみたいな発言したらドン引かれてしまうだろうし。

「このまま遥ちゃんに彼氏もいない高校生活を送らせる気？」

とかこの水島さんを取り囲む女子友達からつるし上げられてしまう。

「えと、あの、幸星君、わたし合コンとか行きませんよ？」

オレは水島さんの顔を見る。

「ほんと？」

「はい」

オレは両手で顔を覆う。

あああああ、よかったあ、会ったことはないが海外出張中の水島さんのご両親も安心してください ね！

水島さんもお年頃だから彼氏ができてもいいんだけど、まだちょっと心配なんだよ。こんな可愛い子と付き合えたら、高校生男子なんて抑えきかねーだろ。

心配でしょうがないよ。中身アラサーなおっさんとしては。

「あー……よかった……」

そう呟いて顔から手を離すと、目の前にいる水島さんは顔を真っ赤にさせていた。

え？

そしてなんだか水島さんを取り囲んでるお友達と草野さんと教室に残ってるクラスメイト達

の視線が……刺さる？

え？　なんでみんなコッチ見てるの？

水島さんは顔を真っ赤にしたまま、友達を促して教室を出て行った。

え、何どうゆうことなのこれ⁉

なんのフラグなのコレ⁉

草野さんに視線を向けると草野さんも水島さん達のあとを追うように教室を出ていく。

えーハッキリ言ってほしい。

オレなんかやっちゃいました⁉

「真崎お前……男ならはっきり言わないと」

委員長⁉　え、この状況を説明してもらえるの？

いやいや、言語化されていれば理解できる。

オレが顔を両手で覆っていたからその間に何が起きたのかよくわかってないし、何を言えばよかったんだ？

「いや、委員長、はっきりさせちゃダメだ！　俺達のわずかな希望が減るから！」

「そうだ！」

「えーハッキリさせようぜーめんどくせー」

男子がわいわい言い始めると、スマホに着信音。

──おそくならないように帰ります。

水島さんからのメッセージ。

──気を付けてね。もし遅くなるようなら連絡して。駅の改札まで迎えに行くから。

だんだん暑くなるとまた世の中ヘンなのが湧くからな。うちの莉奈ちゃんといい水島さんといい可愛いから心配ですよ、もう父親の気分ですよ。

オレがそう返信をしたところで委員長は厳かに周囲の男子に告げる。

「お前等、往生際悪いよ、だってさっき水島さんは真崎のこと名前で呼んでたじゃねーか」

あ……。

うん呼ばれました、名前で呼ばれる経緯はいろいろあるんですよ？

男子の視線がオレに集中する。

その視線が鋭く痛い。

いや、全部説明するよ？　話せばわかると思うんだよ？　みんな落ち着こうか。

オレがみんなを宥めようとしているところへ、委員長はとんでもないことをのたまった。

「もー お前等、はよ付き合えや」

◆28 バイト決まりました。

期末テスト終了〜。結果は知らんが、夏期講習強制参加メールが来なかったということは、そんなに悪い成績でもなかったようだ。

優哉先生ありがとうございます。テストを無事乗り切れたのは優哉のおかげかもしれない。

苦手ポイントとか訊くとすっごくわかりやすく返ってくる。ほんと優哉は頭いいなあ。ていうか成峰高校レベル高いよ。

逆再生前はそんなにちゃんと勉強してた学生時代ではなかったけれど、この逆再生でいろいろやり直ししようと思って、オレなりに頑張ってるんだよ、これでも。

でも一応夏期講習自主参加には申し込んでおいた。

夏期講習の強制参加と自主参加の違いは、強制参加はマジ補習で、自主参加は割と自由度が高く、例えば学校から出された夏休みの宿題とかをやってもいいとか。

ちなみにキクタンをはじめとする運動部系に所属する生徒はもれなく強制参加メールが配信されたとか。

アラサーの時は、子供って夏休みあっていいなあとか思っていたけど。今時の子供、小学生から夏休みのスケジュールびっちりだよ。

莉奈ちゃんなんて二週間ぐらい学校のプールに行かなきゃいけないらしいよ？

オマケにうちの学校も優哉や莉奈ちゃんの小学校も、夏休み終了は8月31日じゃないからね。8月下旬から二学期ですよ！

漫画やアニメやラノベだとさ、花火大会とか友達同士でバーベキューとかそういうのあるけど、実際は結構忙しくてそれどころじゃないな。ていうか友達って言っても、友達の範疇になるか？　キクタンや委員長。学校以外でそういうの集まったことないや。運動会とかの打ち上げとか期末の打ち上げとかも莉奈ちゃんと遊ぶから不参加だったし。

それに、派手な感じではないんだよね。大学生はバイトで軍資金がそれなりにあるから仲良しグループが集まってウェーイな状況とかありだろうけど、大学受験が三年後という高校生にはまだまだ枷があるということか。進学校だとバイトしてるヤツ自体が少数派だし。優哉やキクタン見てると運動系部活に所属している奴はそっち集中ですし。

「幸星、バイトまだ探してる？」

学校から帰宅すると優哉にそう聞かれた。

「探してる」

「オレのクラスメイトの奴が行ってるバイト先行く？」

「どんなん？」

この際業種はなんでもいいけど時間の条件が厳しい。

オカンが看護師だからさ、夜勤シフトの時は夕飯の支度とかオレがやるし、週二回ぐらいがギリギリだ。

「輸入食料品雑貨の個人店舗」

コンビニじゃないんだ⁉　小売店でもマニアックなところにバイトに行ってるなあ。

「親戚がオーナーやってて、そこで手伝ってる感じなんだって」

「へー」

「だから週二ぐらいで土日は日中だけど、学校あるならってことで土曜日は免除される。日曜祭日は混んでるとヘルプの電話入ったり、だいたい夕方から夜9時まで？」

ふむふむ。理想的じゃね？

「うん、いいね。ただなあオレがバイトしたら夕飯……」

「大丈夫じゃん？」

そうは言うけど、外食冷食お惣菜っていうのも……まあ……毎日ってわけじゃないし週に二回だしオカンも日勤の時もあるし……莉奈ちゃん寂しがっちゃうかな……？

「うん、じゃあ、オカンと隆哉さんにも相談してみるよ、ＯＫが出たら繋いでほしい」

「じゃ、そう知らせておく」

オカンと隆哉さんからも了解を得て、オレはバイト先に面接に行くことにした。

輸入食料品雑貨店とか、つまりは小売店で接客バイトってことだよね？

主な業務はレジ品出し清掃しか想像できないけど、なにより接客か……やったことないから不安だけど、頑張ってみよう。逆再生前の15の時よりコミュ力はついてる気がするし。

バイト先は現住所の、最寄り駅と隣駅の中間にある商店街の中にあった。

オカンが再婚する前に住んでいた場所は本当に下町って感じだったけど、ここは結構お洒落なイメージで学生街よりの場所。商店街っていっても、家電屋とか八百屋とかよりカフェやアパレル系店舗や雑貨屋なんかが軒を連ねてて、そこにある輸入食品雑貨店もやっぱり小洒落た感じでした。店内イートインはないけど、屋外にテラス席（？）があって、そこでイートインができそうで、若い女性がお買い物に来てちょこっとお茶する感じなお店の造りになっていた。

お店に入って、店員さんに声をかけたが、振り返った彼は高校生っぽい。眼鏡をかけたひょろっとした子だった。

「あ、もしかして、優哉の弟!?」

「あ、はい」

「俺、優哉と同じクラスの西園寺和希《さいおんじかずき》っていうんだ、よろしく」

おお、やっぱ頭よさそう。インテリ臭がにじみ出てる。

「よろしくお願いします」

「店長に知らせてくるから、そこで待っててくれる？」

「はい」

こういう輸入雑貨より本屋のバイトに居そうな感じのインテリっぽいイメージ。成峰に通学してるって言えば頷ける。

店長はまだまだ若い女性だった。

逆再生する前のオレと同じぐらいのアラサー女子。

そんな年齢の人が、都内のこのエリアで店一軒持っちゃうのか……すごいな……。

履歴書を見せて（これめっちゃ書きなおした。特に生年月日を間違えちゃってね！）面接を受けることに。

といっても、すでにバイトしてる親戚の子が間に紹介に入ってるからか、もう最初から採用前提な感じで話が進んだ。入ってもらうなら週二でいいかとか、土日祭日は混んでたらヘルプ入れるけどいいかとか、給料日はこの日で入ったら日雇い計算だから、振り込みは今月は日割りに出されて現金渡しになるけどいいかとか。

「えっと、何か質問あるかな？」

と聞かれて、営業時間とか、今現在バイトに入ってる人は優哉のクラスメイトの他にいるかとか尋ねてみた。

優哉のクラスメイトの他に大学生の男子と、いろいろ掛け持ちしてるフリーターの男性が土日メインで入ってくれてるようだ。こういう店舗って男性よりも女性が働いているイメージがあるんだけどな……珍しいな。

「こぢんまりしてるけど、土日の日中、あと木金の夕方が混むのよね。和希も学校があるから日曜日に入ってもらってる。定休日は水曜日だけど、第二、第四は火、水が連続で店舗の定休日。でも文英か～結構進学校じゃない。木金で出勤してもらっていいかな？　そして和希と同じで日曜日と祭日は日中にヘルプに入ってもらう感じで。土曜日は授業の日とかもあるでしょう？」

「はい」

夏休み明けの9月なんて全部土曜授業で埋まってるもんなあ。そうしてもらえると助かる。

本当にあっさり採用されて拍子抜けした。

挨拶して店舗を出る時、優哉のクラスメイトの西園寺君に声をかけられた。

「じゃ、来週からよろしくな」

「よろしくお願いします」

「料理好きなんだって？　毎朝真崎の弁当作ってんだろ？　あいつめっちゃ自慢してる」

わー優哉お前、何オレの知らないところで持ち上げてんの!?

知ってるところで持ち上げられても照れちゃうけどさ！

「ま、毎朝ってわけじゃ、うちもいろいろ都合があるから、その都度で、ついでにって感じですけど」

「敬語いいよ、タメなんだから」

「あ、はい……じゃあ、来週からお願いします」

西園寺君は、手を振ってオレを見送って業務に戻って行った。

ともかくバイト決まってよかった。

家に帰ると、莉奈ちゃんがウサギのぬいぐるみを片手に玄関先で仁王立ちしていた。

「莉奈ちゃん？」

「あるばいときまっちゃったの⁉」

「うん」

「なんようびなの⁉」

何だろう……オレ怒られてるのかな？

「木曜日と金曜日……だけど？」

「莉奈と一緒にあそんでくれないの⁉」

ううう、そこか……。

「ごめんね」

「莉奈、幸星が家を出るわけじゃなくバイトだろ。ちゃんとおうちに帰ってくるんだから、そんなに拗ねるな」

優哉が助け船を出してくれる。

「今度俺と一緒に幸星がバイトしてるお店にお買い物行こうな？」

莉奈ちゃんはタオル地でできてるウサギのぬいぐるみを抱きしめて、優哉を見上げる。

「お買い物……」

「どんな感じよ？」

優哉はバイト先のことをオレに尋ねる。

「うん、なんか想像よりお洒落な感じなお店だった」

スーパーとかコンビニとかとは明らかに違う。お洒落系な感じだった。お客さんはＯＬさんとか若い新婚の奥様とか、あと輸入商品が好きそうなセレブな年配のマダムとかご用達みたいな。

「西園寺は外見あんな感じだけど、結構気さくなヤツだから、なんでも聞けよ」

「うん。でもすごいね、アラサーくらいだろ店長。あの年齢で店一軒持っちゃうなんて」

都内でも結構ここ地価高くね？

「西園寺の家は資産家だから。本家とか分家とかあるような」

へえ。そうなんだ……。まあそうだよね、資本がないとなかなかあの立地で店一軒ってわけにはいかないもんね。

「そんで、従業員が男ばっかりっていうのも珍しいよね」

「……それな、いろいろあったらしいんだよ」

実は女性従業員もいたらしいけれど、それがちょっと問題ありの人物だったようだ。

まだ若いフリーターだったらしいけれど、従業員の一人に片想いして告ったら思いっきり振られて辞めてしまったとか。

「片想いされてた人って、西園寺君？」

「大学生バイトの人だって」

「あ、そう」

「そんで店長がその女に八つ当たりされてて、西園寺が実質追っ払った感じで……」

うわーお、そんなことがあったのか～。

店長に八つ当たりとかってまた……。

「もう女性じゃなくて男性を雇っておいた方がいいと従業員と店長で話し合って決めたらしい。で、西園寺も探してていい子がいたらってことでお前を紹介してみた」

若い女性が働きそうな場所なのにな～。

「客に若い女性が多いから、逆に若い男性従業員で固めてみてはどうだろうと」

「ホスト的な!?」

「言い方！　まあ近いけどな」

えええ～よくオレ採用されたな～。

「大丈夫、お前、年下可愛い系だから、西園寺とタメに見えないだろ」

「まあ、背が高くてヒョロっとしててインテリ系だったね」

「実際頭いいし、そういうの考えたのあいつだし」

店長じゃないんだ。

「店長の人が従姉だからいろいろ相談に乗ってるっぽい」

なるほどね～。

「もーお兄ちゃん！」

あ、莉奈ちゃんがオレの足にぎゅーしてきた。

オレは莉奈ちゃんを抱っこする。

「バイトのお金入ったら、お出かけしようね」

「お出かけ！　ほんと!?」

「夏休みになるしね」

莉奈ちゃんはようやくニコニコしてくれた。

◆29 花火大会に誘われた!?

接客バイト初めてだったけど、基本的な挨拶「いらっしゃいませ」と「ありがとうございました」は欠かさず、あとは西園寺君と店長にいろいろ教えてもらって初日を終了した。

輸入食料品雑貨店だから、いろいろ見たことない食材を見てう〜んと唸る。

スーパーと違って割高だけど、ちょっと使ってみたい調味料とかもあるし、茶葉やコーヒーとかの種類が豊富。品出しがワクワク、何が出てくるかな〜と思いながら段ボール開けて手に取ってみたりね。

ドキドキするのは接客ですけど。

会社帰りのOLさんとか学校帰りの大学生とかが、ワインやチーズなど宅飲み女子会用の食材とか買いに来たりする姿を見かける。特に金曜日の夜とか。

「土日の日中もそれなりに混むんだ、その時間は主婦層が多いよ」

というのは西園寺君の言葉。

テラス席があるけど、夕方にはクローズ。日中に開放してる。そこはお茶やコーヒーを試飲する人が腰かけたりする場所なんだよね。だから最近は中高年のご婦人層のリピーターが増えてるらしい。

個人店舗ならではってことですね。

輸入食料品雑貨っていろいろ面白い。


「バイト決まった～。昨日から行き始めてるんだ」

金曜日、学校帰りに水島さんにバイトのことを話した。

「え、そうなんですか？」

「うん。輸入食料品雑貨の個人店舗なんだけど、男性従業員が多いから気兼ねなくいろいろ聞ける。優哉のクラスメイトもいるんだ。うちの最寄り駅と隣の駅との間の商店街にあるお店で、『ジョイサンス』ってお店」

「あ、行ったことあります！　可愛いお店ですよね！　えー幸星君そこでバイト始めたんですね」

「うん」

「私バイトしたことないです」

「親御さんが心配しちゃうよ、独りで日本に残してる娘がバイト帰りで何かあったら」

ご両親が海外じゃ、夕方から夜のバイトとかはなかなか。バイト帰りは危ないからオレも反対。

「何曜日に入ってるんですか？」

「木金で、忙しければ日曜祭日にヘルプの電話が入るんだって」

「週末は混みそうですもんね」

「うん」

「そうですか……えっと土曜日は……？」

「一応はずれてるけど」

オレがそう言うと、水島さんはちょっとホッとしたようだけど、次に続く言葉がとても言いづらそう……。

「あ、あの」

「うん？」

どうした？　なんの相談だ？

「あの……あのね……その。よかったら……その……来週の土曜日にアルバイトなければ……花火大会に行きませんか？」

今……オレの耳、ちゃんと水島さんの言葉を拾ったならば……。

水島さんから花火大会に行こうって言われた……？

水島さんは俯いて、耳まで真っ赤にしている。

マジ!?　アラサーまで生きてたけど、女子から夏のイベントに誘われたことなんかありませんでしたよ！　そんないい思い出とか全然ないまま死んじゃって逆再生したけどね！　うわ、うわー！

いやいや、調子に乗るな、結局『みんな一緒に〜』とかいうオチがあるから！　それ、お約束だろ！

「えっと、他に行くメンバーとかは……」

ああ〜これが優哉だったら、あっさりといいよーって言えるだろうな。こんな姑息な予防線とかまったくしないだろうよ。でも、オレそんな対女子スキル持ってないから！　もう誘われたって事実だけで脳内のキャパが……。

「まだ誰も誘ってません……」

「えっと、じゃあ……その、他の人は誘わないで」

わーわー！　何言っちゃってるのオレ!?　何調子に乗っちゃってるの!?

ここは普通『メンバー決まったら知らせて』ぐらいが妥当だろ!?

あのね、落ち着こうか。今の発言水島さんじゃなかったら秒で「はあ？　何それ、キモイ」ぐらい言われかねない発言だよ!?

だけど、だけど、もしかしたら、オレまた明日にはトラックに轢かれて死んじゃうかもだし、ほら、人生って何があるかわからないからさ！

水島さんは、可愛くて、よくできたお嬢さんで、それに対して逆再生してるとはいえ、中身は一回死んだおっさんのオレなんかとは全然釣り合わないだろうけど。

こんな可愛い子と二人で花火大会なんて、オレの人生でもうないかもだから！


「で、できれば、二人で行きたい」


みっともな！　女子に言わせておいて、できれば二人で行きたいとか要望を押し付け!?

水島さんがドン引いて「他の子も誘うつもりで～」とか言うつもりだったらどうするよ!?

でもね、でも……夏のイベント花火大会ですよ!?

ギャルゲーでいえばワクワクしちゃうイベントですよ！

それをリアルで目の前で言われちゃったら、舞い上がっちゃうよ！

水島さんを見ると、水島さんは何度も頷いてこう言った。


「わ、わたしも、できれば……二人で行きたいです」

その言葉、めっちゃ反響してオレの脳を侵食した。

でも帰宅したらすぐにバイト。

気持ちを切り替えてちゃんとお仕事しないと……そう思っても、自然に顔がにやけてしまう。

わー自分で自分がキモイ！


「ねえねえ、和希ー。今日、真崎君めっちゃ笑顔だね」

「客商売だからあれぐらい笑顔なら受けもいいし、問題ないだろ」

店長と西園寺君のそんな会話すら右から左に耳からすり抜けちゃうぐらい、オレはバイト業務をこなしながら、学校帰りのことを頭の中で反芻していた。

お店がだいたい閉店間際になって落ち着いた頃、閉店準備をしていた西園寺君から声をかけられた。


「なんかいいことあった？」

「はい？」

「オレにもめっちゃ笑顔!?」

オレは片手で顔を押さえる。

会って間もない西園寺君に指摘されるほど……舞い上がってる？

舞い上がっちゃってますね。はい。

「お客さんも可愛いバイト君だったね～とか言ってた。やっぱり笑顔の接客は大事！」

店長もうんうんと頷いている。

「あ、あの、来週の土曜日って……普通にシフト休んでて大丈夫ですか？」

「大丈夫だけど……あ～なんだ～花火大会か～デートですか～」

店長……なんて鋭い……。

そりゃ都内でも大きな花火大会だから有名だけど……。

「なんだと!?　お前！　彼女持ちなのか!?」

「わー！　か、彼女じゃないです！」

「え～でも～女子なんでしょ～一緒に行くの～」

「は……はい」

「キャー、和希、聞いた？　もうあたしモダモダしちゃう～！」

「モダモダすんなアラサー女子」

「だって、和希からそういうコイバナっぽいこと聞いたり相談されたことないし！　前回のアルバイトの子はアレすぎたし！」

ああ、前回のバイトの子って優哉が言ってた店長に八つ当たりした子のことかな。

「店混んでもヘルプは入れないから安心して〜。でも日曜日は出てくれるとありがたい〜」

「あ、はい。わかりました。じゃあ、お先に失礼します」

オレがそう言ってペコリと頭を下げると二人は気さくに手を振って見送ってくれた。


「ただいま〜」

帰宅すると莉奈ちゃんが玄関先で丸くなってた。

猫なの!? 子猫なの!?

「莉奈ちゃん!? どこで寝てるの!?」

「おう、お帰り〜」

優哉が玄関まで出迎えてくれる。

「リビングにいるか自分のお部屋で寝ないと!」

オレはそう言って、莉奈ちゃんを抱っこする。

む？ この子は子猫じゃなくて子狸さんですか？ 抱っこするとわかるんだ。狸寝入りだろ。

莉奈ちゃんぐらいになると体重の掛け方がわかってるからな〜。重く感じないってことは、起きてるってことかな？

　オレの荷物を優哉が受け取って、オレの部屋のドアの中へ置いてくれた。

「大丈夫、10分ぐらい前までリビングにいた。お前が帰宅するまで起きて待つとか言ってたんだ」

「熱中症にはならないね」

「大丈夫だろ」

　でも水分補給させたほうがいいかもなー。

「莉奈ちゃん？　子狸莉奈ちゃんは～起きてるかな～？　水分補給できるかな～？　できる子なら抱っこしてお部屋まで運んであげるけどなー」

　莉奈ちゃんを抱っこしたままリビングに行くと、莉奈ちゃんを腕から降ろす。でも莉奈ちゃんはオレの足にくっついたままだ。隆哉さんとオカンの二人に「ただいまー」と声をかけるとオカンが立ち上がりキッチンに向かう。

「おかえり幸星、ゴハン用意するね」

「うん」

「莉奈、幸星君が戻ってきたから、落ち着いてこっちきて映画見よう。幸星君ごはんだから、お兄ちゃんバイトでごはんまだだから」

　隆哉さんに促されて、莉奈ちゃんは隆哉さんの隣に座る。

何度も放映されてるファンタジーアニメの映画だったので、莉奈ちゃんは大人しく隆哉さんの傍に座って見始めた。

オカンが用意してくれた晩飯にいただきますと言って、手をつける。

夕飯を食べ始めるオレの対面に座ってスマホを弄ってた優哉が一言。

「咲子さーん、幸星、来週、水島さんと花火大会デートだってー」

優哉の言葉を聞いて、麦茶が思いっきり気管に入って盛大にむせたのは言うまでもない。

番外編　15歳の春

15歳の春

推薦入試を受けて合格した時は嬉しかった。

でも同時に両親の海外赴任が決まってしまった。手続きは素早く済ませて、制服も届いて、あとは入学を待つばかりの頃、両親は海外へ。

入学式は、わたし一人で行くことになった。

ちょっと心細い。

桜の花は春休み中に満開になって、入学式の今日は、散り始めている。

学校に向かう電車に乗ってる同じ学校の生徒は、保護者も一緒の子が多い。というかほとんど保護者がついている。学校の正門に到着すると、やっぱり一人は目立っちゃうかな。

ちょっと正門をくぐって中庭の桜の木の前に立ち止まって空を見上げる。

少しは親を待ってる新入生っぽく見えるだろうか。

周囲を見回せば、一人なのはやっぱりわたしだけのよう――……体育館に一人で行こうと歩き始めると、わたしを追い越して体育館に向かう男子生徒がいた。

その子は保護者につきそわれてはいなかった。

わたしと同じようにたった一人で歩いていた。

しゃんとして、まっすぐに歩いていく後ろ姿を、わたしは見つめながら後を追うように体育館へ歩き出した。

体育館の後方が保護者席で前方が新入生の席になっている。ここに入ればもう、見渡す限り自分と同じ文英高校の一年生だけ。

そして、さっきわたしの前を歩いていた男子生徒が同じクラスの男子の席に座っていた。


「真崎幸星です。城東第三中学校からきました。よろしくお願いします」


翌日のクラスの自己紹介。

簡潔な挨拶だった。

名前と出身の中学校名だけ。

昨日、入学式で体育館に向かう時、すれ違ったというか追い越されただけだけど、ずっと見てたから顔を覚えてしまった。

でもクラスでの自己紹介の時は表情が硬かった。

その口はすぐに学力テストが始まって、クラスの連絡ラ◯ンが作られた。

先生もラ◯ングループに入れる入れないで揉めていたみたいだけど、真崎君の、

「もうとりあえずこのグループは連絡用で先生入れておけば？　どうせそのうち互いに連絡し

あう生徒同士で別グループ作成されるだろ」

ってていうコメントが流れて、委員長の富原君の、

「今後のセミナー合宿やもろもろの学校行事連絡用に、このグループはこのまま先生を迎えるので、クラス談話用は別に作るんで申請よろしく！」

っていうコメントが流れてきた。

そんなコメントを送った真崎君の姿はもう、教室にはいなかった。

仲良しの汐里と一緒のクラスで帰り道も途中まで一緒に帰ることにした。

「真崎って自己紹介の時、めっちゃ緊張して表情硬かったヤツだよね」

「う、うん」

「なんか顔立ちは甘めのベビーフェイスなのに、コメントがおっさんっぽいよねー」

汐里は、クラスの男子を一通りチェックしていた。

彼女が言うには、

「創作意欲の湧くイケメンがいない。そしてあたしは絶対的に二次元のイケメンが好き」

と呟いていた。

「おっさん!?」

そんな汐里から真崎君の名前があがってドキリとしたけど……。

「おっさんっていうか冷静っていうか、ほら、みんな入学したてでウキウキじゃん？　とくにクラスの男子とかは自己紹介のコメントすごいじゃん？」

「あ、うん」

「教室の白己紹介の時と同様『よろしくお願いします』の一言だけだったよ～」

「ま、真面目なんだよ、きっと」

「うーん、遥香も真面目っちゃ真面目だもんね、あんまりコメントとか流さないし」

汐里の意見にわたしは何度も心の中で頷いていた。

もう、一瞬どきりとした。

汐里は絵を描く子だから、観察眼が鋭いのかも。わたしが真崎君に注目していたのがバレちゃってるのかなとも思った。

話題はすぐに別の話に移ったけど、どきどきした。そんなわたしの内心を知らず、汐里は「また明日ね～」といって、手前の駅で降りて行った。

わたしも次の駅で電車から降りて駅ビルに入り、文房具を買おうと思った。

そしたら、大学生の二人組がわたしに声をかけてくる。

「え～一人～？　時間あるならさー遊ばない？」

ナンパだった。ニヤニヤ笑いながら話しかけてくるのが怖い。

声をかけられたのはわたしじゃないと思いたかったけど、周囲を見回すとやっぱりわたしに声をかけているようで、怖い。

スマホをとりだして、汐里にラ◯ンを送る。

どうしよう。

そう思ってきょろきょろしていたら、知っている顔の人と視線が合った。

真崎幸星君だった。

え……真崎君、この駅で降りていたの？　おうち同じ地域だったんだ。驚いたけれど、まさに天の助けかもしれないと思って、わたしにしてはものすごい勇気を振り絞って真崎君の制服の袖をつかんだ。


「ごめんなさい！　探してました！」


真崎君はわたしの後をついてくる大学生二人組に視線を向けて、わたしを見る。

お願い、どうか伝わって！　少しでもいいので話を合わせてください！

そんな祈るようなわたしの内心が伝わったのか、真崎君は少しだけ笑った。それがまた、わざとらしい芝居くささがなかった。

「ごめん、引っ越してきたばっかで土地勘なくて」

わたしは頷く。

「優哉も莉奈ちゃんも待ってるんで、早く行こうよ」

優哉君と莉奈ちゃんって誰だろうと思った。

でもそれはすぐにわかった。

すぐに背後から真崎君の名前を呼んで近づいてくる人がいた。

成峰の制服を着てすごく背が高くて、汐里が見たら「イケメン!! 描きたくなるイケメン!!」とか叫びそうな人だった。

「幸星ー?」

「あ、優哉」

真崎君は彼を呼ぶ。その様子を見て、わたしに声をかけてきた大学生たちは舌打ちして去って行った。

真崎君のおうちは再婚家庭で、優哉と呼ばれたカッコイイ人は血のつながらないお兄さん。

そして真崎君の話から、同じように小学一年生になったばかりの妹の莉奈ちゃんがいるらしい。

真崎君はみんなの朝ごはんを作って、お弁当を作って、莉奈ちゃんの髪もセットしてあげているようだ。

すごい、朝から大忙しなんだ……。

わたしも両親が海外にいるから身の回りのことはだいたい自分でやっているし、そんな自分が、結構すごいとか、へんな自信もあったけれど……上には上がいたので驚いた。

一人でお弁当三人前とか、四人分の朝食とか無理!

その日わたしは文房具を買った後お別れしたけれど、真崎君は、教室での自己紹介の時より話しやすい人なんだなと思った。

お兄さんと一緒にいる時は、弟っぽくて見た目通り可愛い感じだった。

最寄駅は同じだし、時々、また一緒に帰れるかな……。

お料理のお話とかもたくさん聞きたいな……。


「……え、何、遥香、真崎のこと好きなの？」

「え!?」

「やだーもーこれが三次元リア充か！」

「リ、リア充!?」

次の日のお昼休み、汐里からそんな言葉を言われてしまった。

「高校生活開始一か月内で彼氏ができるとか、リア充というか、少女漫画的にはお約束じゃーん。あいつら、高校生活が始まって冒頭の数ページで恋愛おっぱじめやがりますからね。やーさすが遥香、持ってるねーそういうのアオハルっていうの？」

汐里は購買のパンをもくもくと食べながら、そうまくしたてた。

汐里は小学生の頃から漫画が好きで、少女漫画から少年漫画から、いろんな漫画を読んできて、中学生の頃からは自分で漫画を描き始めてる。

だからこんなことを言うのかもしれない。

「か、か、彼氏とか!!　持ってるとか何!?　そうじゃなくて、その、すごく感心なんだよ、おうちのことをいろいろしてる同じ年の男子とか、いるとは思わなくてですね、だからね」

もう、汐里ちゃん、ちゃんと聞いて！　そうじゃないのよ！

「……いいよ、いいよ照れ屋さん。にしても真崎かあ〜。なんかちぐはぐなイメージあるよね、アノヒト」

ちぐはぐなイメージってなんだろう……。

「見た目頼りないっていうか。大人しいイメージなんだけどさあ〜」

大人しい……。確かにそういう感じだけど、いま教室から菊田君達と一緒に中庭へバスケしに行こうとしている様子を見ると、そうでもないのかな……。

というか菊田君がかなり強引に真崎君を引っ張って行った感じ……あの誘いを断らないでちゃんと付き合ってあげている。真崎君なら断ってもおかしくないけれど、周囲に合わせようとしてるのかな。面倒見がいいというか意外と社交的？

そういうところが、最初の見た目の印象と違うところではあるけど、真崎君は、おうちの環境が変わったって言ってたし、学校生活も緊張してたのかもしれない。

「おうちのことをいろいろやるあたりで、子供というよりむしろ『お母さん』じゃないのかな……」

わたしがぽつりと呟く。

「オカン！」

汐里はそう叫んで、ぶはああと噴き出す。

「あーそれか、そーだね、真崎、オカンかもね、あんまり男子〜って感じじゃないよね！」

顔は可愛いけど男の子だよ！　汐里は失礼ですよ！

「まあまあ、拗ねないでよ遥香ちゃーん。見守らせてよ〜この汐里ちゃんに」

「……」

わたしが黙々とお弁当を食べているのを見て、汐里が宥める。

うん、やっぱり汐里はなんだかんだでいいお友達だ。

「いつかネタがなくなったら、イイ題材になりそうだし〜」

ネタですか!?

素直に汐里をいい子だと思ったのに!?

「もう、汐里におかし作ってあげない」


真崎君は、わたしと一緒のクラブに入ってくれた。

わたしはお菓子を作るのが好きなんだけど、真崎君は、妹の莉奈ちゃんの為にお菓子を作るスイーツ部に入った。

妹さんの為ってところがいいお兄ちゃんだよね……真崎君。

そんな真崎君の妹、莉奈ちゃんに会うことができたのはゴールデン・ウィークの時。いつも買い物に行ってるスーパーで真崎君とばったり会った。真崎君のお父さんと莉奈ちゃんもその場に一緒にいた。すごく可愛い小さな女の子だった。最初は人見知りな様子を見せていたのに、すぐに懐いてくれた。義理の妹さんというけれど、最初は人見知りでも打ち解けてくれる優しい感じが、真崎君と似てる気がした。

その日をきっかけに、わたしは真崎君と一緒に下校して、帰りにスーパーに寄ったり、試験勉強を一緒にしたり、莉奈ちゃんと遊んだり、すごく真崎家にお邪魔する回数が増えていった。わたしも積極的に周囲に話しかけるタイプではないけれど、真崎君は、本当に、話しかけやすかった。

そして真崎君のことを幸星君って名前で呼ぶのも慣れてきた。

「わ、水島さん、待っててくれたの？　オレ日直だったのに」

幸星君、いつかわたしのこと名前で呼んでくれるかな？

「はい、一緒に帰りませんか？」

「うん。今日の夕飯メニューはどうしようかなー。水島さん、お勧めのレシピとかある？」

お料理のレシピのこと、たくさんお話しながら帰る放課後の時間が、わたしにとって大事なものになってきている。

幸星君もそうだといいな。

二人で歩いて帰る道、夕日が春から夏へと変わっていく。

夏がきて、秋がきて、冬がきても、こうして一緒に帰ることができたらいいなと密かに思った。

あとがき

この本をお買い上げくださって、ありがとうございます。

ライトノベルは近年ネット小説の投稿サイトから書籍化に至った作品が多く見受けられるようになりました。公募だけではなく、そういう小説投稿サイトから自分の作った物語が書籍化に！　２０１０年以降はそういった作品が増えていったように思います。

この本作もそのネット小説投稿サイト「小説家になろう」に掲載している作品で、書籍化というお話が来た時も、「え⁉」という感じでした。

投稿サイトから書籍化にと声がかかるのは、キャラ文芸やラブコメジャンルもあるのですが、女性向けも男性向けも圧倒的に異世界ファンタジージャンルだったりします。

実は自分も別レーベルさんから異世界ファンタジー作品を刊行させていただいているのですが、この作品は書籍化するには流行の要素から少し外れているし、お声はかからないだろうと思っていました。ドキドキするような展開や、スカっとするようなカタルシスを得るストーリーではないからです。

主人公の幸星は、異世界転生してない。現実の別世界線へのタイムトリップだし、ラブコメ作品のように可愛い女の子がたくさん出てくるわけでもない。やりなおしの特典はもらっても、それをうまくいかしているわけでもない。

アラサーまで生きたはずなのに自分のことを守るためにずっと殻に閉じこもっていた本作の主人公。

そんな不器用な彼が、自分以外の誰かにもう一歩踏み出す時、それは彼にとって未知の世界への一歩で、戸惑いながら伸ばす手、発する言葉は、巻き戻った少年そのもので、どこか拙くて幼い。でも、勇気をもって触れた世界は優しくて温かかった。

普段の何気ない生活の中に、実は幸せがある……そんなお話です。


ネット作品から書籍化へは、実は様々な人々が関わってくださっています。

「小説家になろう」には作品への感想欄があって、このお話は彼を応援してくださる言葉を読者の方からいただきます。そんな温かく応援してくださる言葉も、この作品が書籍化に至った要因の一つだとも思っています。

この書籍となった本作を手に取っていただいた方も、ネットの読者の方と同じように、この主人公の彼を応援してくださると嬉しいです。

二〇二一年四月吉日　翠川　稜

この本を読んでのご意見・ご感想・ファンレターをお待ちしております。
〈宛先〉　〒104-8357　東京都中央区京橋3-5-7
（株）主婦と生活社　PASH！編集部
「翠川 稜先生」係

※本書は「小説家になろう」（https://syosetu.com）に掲載されていたものを、改稿のうえ書籍化したものです。

PASH!ブックス

アラサーのオレは別世界線に逆行再生したらしい

2021年4月12日　1刷発行

著者	翠川 稜
編集人	春名 衛
発行人	倉次辰男
発行所	株式会社主婦と生活社 〒104-8357　東京都中央区京橋3-5-7 03-3563-5315（編集） 03-3563-5121（販売） 03-3563-5125（生産） ホームページ　https://www.shufu.co.jp
製版所	株式会社二葉企画
印刷所	大日本印刷株式会社
製本所	株式会社あさひ信栄堂
イラスト	白クマシェイク
デザイン	伸童舎
編集	松居 雅